洮水流韵

TAO SHUI LIU YUN

临潭格律诗词选

高 众 主编
敏奇才 执行主编

作家出版社

目录

序

张俊立

在甘肃西南部，洮河东流北折，像一只丰腴的臂膊，将临潭全部揽入怀中。因洮河之故，临潭又历称洮州。洮河臂弯中的临潭，秉此天地之灵秀，孕人文之纷郁，天籁般的风雅歌声，代代不绝。“大漠风尘日色昏，红旗半卷出远门。前军夜战洮河北，已报生擒吐谷浑。”这里响起的盛唐壮歌，千载传唱不朽。“羽觞肆陈，金管合奏。词客侍坐，剑人高歌。”竖立这里千年之久的丰碑《石堡战楼颂碑》中，睥睨一世、仗剑报国的豪情，至今令人热血飞扬。“平淮策骑过东来，适遇梅花灼烁开。耐岁耐寒存苦节，故于冷境发枯荄。”唐时一代名将、临潭李愬的这首咏梅之作，又展示出抒情主人公关山戎马写梅魂的别样襟怀。而自明代起，大量的江淮移民，更使临潭呈现出了“创墩台瞭望，处处农猎；开卫学教化，家家诗书”的耕战并具、诗礼传家局面和对岁月静好的期盼。以《味雪诗存》《继园诗钞》为代表的清代临潭先贤诗集，或为花开鸟唱而欢颜欣然，或为凄风苦雨而悲戚低回，无不回荡着时代的潮声，苍生的吟叹！洮水流不尽，风雅歌不绝。今日临潭秉承深厚传统，沐浴时代之风，雅韵浩歌依旧回荡如潮，诗词临潭正日渐成为文化临潭的一抹鲜活亮色，而中国作协授予临潭“文学之乡”称号，更为临潭文化戴上了令人艳羡的桂冠，也激励着更多临潭乡土诗人高举“文学之乡”的旗帜，在这片富有诗性的沃土上勤奋耕耘！

马锋刚

马锋刚，男，网名白贲无咎，甘肃省临潭县人，逾知命之年，临潭县第一中学美术高级教师，中华诗词学会会员，甘肃省诗词学会会员、理事，洮州诗词楹联学会会长。有百余诗词及书画作品散见于各类报纸杂志及网络平台。

诗画情结

子瞻曾言：“味摩诘之诗，诗中有画；观摩诘之画，画中有诗。”实则诗画同源自生活，形式迥异，殊途同归。也因笔墨之形语与辞韵之诗语各存长短，双璧互补，则臻完美。故学诗习画，固当兼善。

素弄丹青，惟持翰掭砚，皴山染水，欲达胸中之境。然终毫末技穷，未尽之意尤多，非以形明了。思之良久，偶因观赏煮石山农墨梅及题诗，备受启发，初晓画外之情诗以补之，未为不可。遂追唐习宋，搜韵觅词，索句中律，邯郸学步，废寝劳神，雕虫刻舟。偶有微吟，虽不入流，然沾沾自喜矣。

某时某处，应物斯感，或记之以韵句；即事即景，因触而怀，或咏之以丽辞；遇友逢缘，别情离绪，或赋之以雅藻。时令节日，风花雪月，田间地头，山花野蔬，家羹美馔，每每有诗为快，久成积习。不因无佳句而抱憾，不以罕赞而懊丧。

观山之情，临海之意，字里行间，推推敲敲，一丝不苟，须断发稀。勤未必果丰，但赢得诗侪三五，结而为会，鸭子上架，校文勘律，兴致虽旺，力不从心，拙愚有余，贫陋百出，咎多是寡，违拗初衷。

幸得春风雨露，泽及野卉山花，犹梦伞飘云，醉风和籁，高山林壑，生根萌芽。遂耽思傍讯，精骛八极，神游太虚。极沥液芳润，时沉辞怫悦，或清泉下溪。终因学浅识隘，不免拾人牙慧，诗意清虚乏味，泛泛之作不少，乃至贻笑大方。

幸作协偏惠于洮州诗会，辑集吟稿，方理旧作，略见苕发颖竖之韵句者，罗瓦于空页，权以充数，不笑为慰。

洮州野菜组诗

狼肚菜

色相从来未入流，贵宾席上作珍馐。
林云深处生初夏，芳草丛中梦不由。

蒲公英（新韵）

一任黄英笑满春，未猜谁是赏花人。
结成新伞轻如梦，嫁得清风已入云。

苦苦菜

田间垄上好生根，夜雨如酥不负春。
嫩叶未匀开莞尔，引来红袖采青人。

柳花菜

绕树生生不计春，纳阳承露色如匀。
马头篮内团团碧，玉箸间端自足珍。

鹿角菜

老林深处白云低，乱草丛中碧藓滋。
纤指殷勤时起落，盈盈竹篓影参差。

马银儿菜

雨梦风酥二月初，旧年芳甸暖徐徐。
谁家盘里盛新菜，说是旗坪嫩叶舒。

婆婆芳儿

洮域天慈惠有无，油油黑壤埋珍珠。
春来满市还良价，籴得半升烹一壶。

地丸儿

寒假村童多许闲，携篮欢跃向坡山。
山深拾得斜阳暮，兴满归途喜逐颜。

洮州人家餐律绝一组

麦　索

细雨和风正入秋，炊烟缕缕起乡愁。
梦如沉穗垂贪夜，月似金镰割青畴。
何处客心思切切，谁家石磨转悠悠。
旧香新味纷纷下，贫舍年年作玉馐。

蒸　菜

玉缕丝丝寸许长，匀妆裹雪上瑶堂。
烟消雾散秋分后，涤净清泉甑外香。

扁　食

每逢冬至要登场，着玉怀珍赴滚汤。
曾惹童儿频扳指，寒庐桌上雾弥香。

氽　汤

擀成盈月案生光，切出琼丝缕缕长。
双手端来细花碗，迟迟举箸不忍尝。

搅　团

麦秸添火总偏文，老釜兴花散郁芬。
百转千回如餍聚，年来腊八早氤氲。

拌　汤

红炉昨夕酒重温，多少乡愁故里存。
洗绿切红烧老釜，稀稠一碗喝黄昏。

洮州农具七绝一组

镰　刀

尘封架上暗生愁，唯有蜘蛛晓几秋。
空对黄田圆好梦，徒添绣迹守年头。

梿枷（新韵）

霜晴天气动轻雷，拍遍金秋粒粒归。
退守墙隅空喟叹，还将旧事付云飞。

碌　碡

长坐边隅对晓晴，如山麦束待归宁。
遥看电脱时吞吐，只把残身许石形。

旧　耱

残躯剩骨几成新，常与锄犁忆卯寅。
垄上牵牛平壤后，泥香三日只氲氤。

水　磨

引来渠水势如蛟，吐气悬虹蓄力抛。
摧得飞轮旋日月，揉金撒玉正咆哮。

洮州山花绝句二十六首

紫薇

冠岭时秋堪比春，绿肥花艳各匀匀。
轻风昨夜芭蕉雨，净地迎来带笑人。

绶草

一抹烟霞细处看，含羞带露影阑干。
晨曦渐曜山岚动，点点兰心上眉端。

翠雀

春深夏浅燕群栖，芳甸朝来紫气迷。
曾让儿童频得手，欲飞还就应声低。

香青

斜风细雨响青蛙，绒叶杈枝结艾花。
愁未浓时头已雪，窝铺岭上起微霞。

沙　参

串串紫铃摇晚风，声微费耳觉心空。
嚼根茹叶生滋味，自是仙株遗野丛。

金莲花

初夏高原草正肥，格桑满地闹朝晖。
无边芳甸飘云气，闲蝶忙蜂掠瓣飞。

秦　艽

几叶披针学柳眉，生来味苦苦于谁。
紫铃开口朝天笑，即使伤怀也莫悲。

橐　吾

常梦家山处处春，鞋痕印遍净无尘。
清香不欲招蜂蝶，光浅堪迎瓢饮人。

圆叶筋骨草

清明雨后泛青芽，装点青山处处家。
云散天开初莞尔，紫烟一片到天涯。

马先蒿

大石山前露正浓，缘谁折去作清供。
莫言端午噙香泪，心事渐消一两重。

岩败酱

石上生根几许春，春风来仪素心真。
花开成伞难遮雨，雨后蹒跚采药人。

山丹花

围抱花茎为出十，素心成就绽红颜。
羞姿如掬沉银月，守寂居阳爱野山。

金露梅

满地繁花夏昼长，晴宵碧落闪星光。
秋霜一夜枝条瘦，瘦骨裁成边玛墙。

梅花草

空山响鸟和泉音，暑气浓时绽素心。
五出含羞初着露，曦归巧笑总难禁。

麦仙翁

闲处芳丛正恰时，缘来捷足采凝脂。
临风小醉如飞举，落入伊人和韵诗。

接骨草（新韵）

春来不绽悦眸花，丹果穷秋共落霞。
多少折伤托味苦，随安幽野吐金芽。

刺芒龙胆

生生不息历洪荒，常与苔茵沐晓阳。
实至秋分难入眼，名归藏典有兰章。

兰香草

时逢暑夏气如蒸，独处山崖品自恒。
风绕重花生异馥，伊谁云下醉何曾。

红花绿绒蒿

碧风吹遍美仁原，原上芳华气煦暄。
窈窕仙姿初婀娜，新裳试就靓青蕃。

金雀儿

绵绵柳雨叶流金，金色丛丛比鸟音。
思远欲飞空展翅，时归立夏别难寻。

杜鹃花

野林深处淡烟回，啼血声声紫蕾开。
溪水浣花春事了，嗡嗡薄翼饮香来。

紫丹参

安平守静乐山坳，近月亲云兴尽抛。
承露涟涟花事晚，赤心一脉到根梢。

石　竹

塔尖梁上起熏风，夜蕾朝花次第红。
醉了云霞迷了蝶，天香缕缕走如空。

黄　芩

承阳纳露历春秋，曾教黄蜂几逗留。
了了原归熬药罐，半瓯汤汁解人愁。

伞南星

擎雨遮风暗着花，花分雄雌不离家。
果然山外秋阳好，满穗飞红几点霞。

山百合

独把春光作美颜，须针挑点纨霜鬟。
百年常梦山花好，只是安身草埝湾。

珠芽蓼[①]

梦雨如时草正葱，满坡看尽白头翁。
山长春短纷纷落，会许存心点点红。

鹿儿沟桃花岛

桃花岛上正春风，一夜吹开一片红。
诱得游人争买桨，归来已是月融融。

---

① 珠芽蓼，洮州人俗称蝎蝎，是一种高原牧草，有药用价值。茎直立，不分枝，穗状花序，根肥如蝎。

大岭山隧道贯通感吟

峨峨大岭雾徘徊，隧道穿山子鼠开。
关里羊沙凭洞望，天阴无事喝茶来。

庙沟农家乐

勤快人家得惠风，植花种菜乐融融。
村居美奂游人醉，醉语声中野果红。

庙花山党建示范村

群山捧出白云楼，楼内书香运远筹。
曲垄花田真似锦，耄耋老人频点头。

农家芍药园

牡丹亭里散飞花，满目田畴落彩霞。
阵阵天香浓似酒，痴蜂醉蝶忘还家。

土炕（新韵）

一任霜风透户寒，寒家炕暖煮茶烟。
竹席长夜蝴蝶舞，盘腿清聊天地宽。

马家浪

西来北折由洮水，欲置层嶂又放开。
积愠湍流空击岸，无端卷起雪千堆。

冶力关三题

莲花路上花儿会

一声尕令绕山川，鸟驻云凝伞盖圆。
本是心音才唱响，新辞婉调已涓涓。

镇关神柱

兀石空岩本自然，凡人眼里想翩翩。
山风过处林涛响，任尔雨霜年复年。

赤壁幽谷

未褪羞颜怪落霞，谁将红酒洒山垭。
游人尽向奇峰走，我辈无诗拾慧牙。

石门峡

洮水逢截去复回，窃生留意月徘徊。
离人迁往河西远，淼淼银波载梦来。

赑屃出土于洮州城隍庙有记

好觉沉沉醒九泉，不知大梦几多年。
身轻才晓成非事，乱石堆中守暮寒。

石门金锁

金锁锁门门自开，流波载玉送珠来。
桃花园里桃花树，洮砚乡中洮砚台。
寒九崖峤烟缭绕，清宵峡口月徘徊。
桑田今已成沧海，怀故泛舟第一回。

桂花山（新韵）

桂花山上桂花无，半段石碑字模糊。
古柏森森藏庙宇，晨钟袅袅引苍乌。
碧苔生瓦三春雨，晓露滴阶半霁竹。
野卉幽蹊香染袖，空教乡俚忘尘俗。

王旗怀古

绵绵青史数千年，未必今人俱晓然。
陶罐文明出土后，铁城传说落花前。
曾经碧血埋秋草，如是忠魂点社烟。
暮鼓晨钟犹绕耳，洮波淼淼忆先贤。

校对书稿有感

暮春飞絮满原风，英落纷纷入荟丛。
粒粒玑珠堪养眼，关关碎语最由衷。
符符字字雠清样，仄仄平平点记红。
窗暗灯明重掩卷，松心启户月朦胧。

烟　村

十里鸡声十里烟，烟长路远出梯田。
朝虚夕幻听传说，夏翠秋红绘彩篇。
雪满青山山兆瑞，芳盈春树树呈妍。
谁家阿老望村口，溪水涓涓走纸船。

更　深

更深梦浅月徘徊，聊自听光泻玉台。
浣竹穿林波影动，浮霜飐闪雪花开。
秒阴点点无还有，幽蝶翩翩去复来。
渺渺云烟空过眼，观心不见是清裁。

梦

大梦初回空涉世，愕然长向妄猜心。
披书陈迹寻途远，洗耳春泉坐竹深。
一段韶华沉碧砚，半生情志付闲吟。
霜天对晓拈花冷，寒鸟啄云啼古音。

清平乐·八角农家休闲园

青山绿水，无限春风美。雨过松林千滴翠，直把游人醉。

农家乐里亲人，桌桌摆满山珍。不管南腔北调，皆宜涤却鞍尘。

鹧鸪天·石板坡山神祠

灵地承天应有神，嵌崖石屋几多春。几丛红棘风吹雨，数块花岩牖代门。

迎清晓，送黄昏，月华如雪洗飞尘。时来山鸟留栖处，一度烟岚幻彩雯。

永遇乐·重阳

北国深秋，树红山野，花艳篱圃。携杖登高，晴空万里，家在云穷处。依门长伫，鬓丝风乱，那是七旬慈母。忆年年，逢年遇节，总要望穿烟树。

山山寥落，沟沟泉咽，身影渐斜休顾。电话殷勤，亲思往往，不尽寻常语。日星辰月，古今长在，算只有人难聚。理情绪，云回叠岭，雁归溆浦。

永遇乐·初夏采蕨

百草坡前，序交春夏，萋萋嘉卉。朝露含波，轻风若抚，芳甸还流翠。万萌时节，依稀嫩蕨，修影七分娇媚。静亭亭，茸茸如意，与婴小拳形类。

寻常农户，多烹野馔，谩说山珍奇味。午饷炊宜，汲泉焯玉，烟绿风香美。盘光茶淡，浊醪三碗，倦尽苍颜微醉。忆年年，拨蒿分棘，寻天惠馈。

张俊立

张俊立，男，1963年10月生，甘肃省临潭县新城东门人，汉族，临潭县档案局干部，甘肃省诗词学会、洮州诗词楹联学会会员，甘肃省民族师范学院河洮岷文化研究中心特聘研究员，曾任《甘肃诗词》副主编。多年致力于地方文史档案资料的搜集整理，出版有《洮州厅志校注》《味雪诗存校注》《临潭金石文钞》等。《洮州厅志校注》获甘肃省第十四届哲学社会科学优秀成果三等奖、甘肃省第十届地方史志优秀成果一等奖。于诗注重有感而发，自然有味。

古今有斯道，哀乐赋诗心
——学诗小感

《文心雕龙》有言：“人禀七情，应物斯感，感物吟志，莫非自然。”又曰：“无识之物，郁然有彩；有心之器，岂无文欤？”有感必发，本乎人之天性。而诗词，作为中华文化的基因，早已浸透于我们血脉和灵魂中，成为我们抒怀言志的已然形式。自古及今，但凡所闻所见，所感所悟，诉诸诗词之作，已蔚成大观。诸如雄浑秀丽之景，万紫千红之花，刻骨铭心之事，喜怒哀乐之情，以至俗之浇朴、政之良窳，一入于诗，皆可讽咏寄怀，化暂为久，移人情性。本人天资愚钝，福浅缘薄，少欲学诗，求教无门；壮而效颦，每恐沦为笑柄。所幸年来得厕身我省诗会，睹陇上众多诗家风采仪范，虽未必得其真传，但耳濡目染数年，亦觉稍窥门径。后复与乡邑同好共筑吟坛，朝夕切磋于斯，遂有如选之篇。诗或不敢当，期与同好共勉，求教方家是盼。个人曾撰有一联：“地有灵乎应韫玉，人何幸也可操觚。”人之秉性不同，运际有异，若能搦管摛藻，写山川草木之精神，抒古今人文之纷郁，何幸之至！

2021 年 6 月

张俊立

临潭山蔬四题

苦苦菜

种前收获后，田里铲盈筐。
咬得根和叶，充饥疗病肠。

狼肚菌

无叶复无花，微躯貌未嘉。
匿身山野畔，瑶席客思她。

鹿角菜

林间松石旁，仙迹最清狂。
不是素心者，焉能真品尝。

蕨　菜

初夏南山里，迎风蕨渐长。
村姑折盈掬，带露售人尝。

咏洮砚

洮砚出洮州，千年世所讴。
今朝纷扰起，争说故山丘。

夏　日

我向青山去，鸟从云外来。
天高流水远，遍野百花开。

金城水上亭伫望

远山横黛色，碧宇耸银楼。
纵目云天外，黄河浩荡流。

临潭乡村随吟

城关今昔

古郡残垣无影踪，新楼林立竞霓虹。
曾据陇右唐蕃道，货走八方商贾雄。

新城镇

古城新镇阅春秋，江左衣冠世代留。
街肆货饶盈集市，万家端午异神游。

王旗镇

群山错列倚洮流，烟远雨稀人物稠。
饿马摇铃传古事，磨沟遗址载千秋。

术布乡（三首）

一

青山绿水护平畴，夕影炊烟岁月流。
风里花香飘两岸，白云过处落闲鸥。

二

村里广场花圃平，彩钢砖屋暖廊明。
冬窗卧眺千山雪，夏荫松边听鸟鸣。

三

袢袄西装时兴穿，长身博拉步翩翩。
耘田挤奶善歌舞，人道藏家儿女贤。

洮滨镇大桥

苍烟古渡逝秋风，今日安澜桥似虹。
春雨杏花邀对酒，不愁水涨阻归翁。

三岔乡（二首）

一

昔时孔道接岷洮，黑岭乔松一望遥。
青石古碑犹可证，新塘湾里有虹桥。

二

十八龙神故事长，俱从洪武效疆场。
谁知三岔村头庙，别供宋臣杨四郎。

石门乡鸦儿山村

迢遥一径入云长，祝氏山村世外藏。
但望孤峰接银汉，曾经高士卧松旁。

羊沙乡即景（二首）

一

峰回路转碧溪流，村傍长林处处幽。
沃野田畦夕烟里，花香常伴鸟声柔。

二

长岭漫漫大岭高，名山南北锁云涛。
柴门篱落市朝远，一水东流终入洮。

二十四节气吟（选七）

丙申冬至

阳和天气胜春时，暖意融融别起思。
欲问亲朋何所有，满盘水饺满怀诗。

丙申大寒又逢小年

扫舍家家除旧尘，高香一炷敬灵神。
家家都卷葱花饼，收拾心情迎早春。

丁酉雨水

晨风犹冷午风柔，瑶草垂杨莫怅惆。
从此雪花成梦雨，循山转水鸟声幽。

谷　雨

时雨春风逐夜长，藏鸦杨柳泛鹅黄。
平畴如砥酥膏软，金粒壤中深梦香。

丁酉立秋

伏雨沛然三两场，暑消田野绿围黄。
山风菽麦馨香远，人始挥镰云影旁。

丁酉处暑

暑退千山收麦黄，金风渐起物华藏。
一年辛苦报秋愿，天道酬勤谢上苍。

立　冬

浓霜枯草两离离，村妇挥镰塄上迟。
农事尽收天转冷，翁姑火炕最相宜。

咏洮砚

洮河绿石温如玉，天地钟灵九甸秋。
金錾黄标开剑气，助写文章第一流。

观赏李玉芳剪纸

一纸红嫣青眼惊，纤毫毕见尽肖形。
人工还比天工巧，到底心灵是手灵。

野　莓

纤纤秀指玉玲珑，青涩草莓看掌中。
啜露餐霞待时日，擎盘初献惜殷红。

九月九忆旧

十风九雨过重阳，未便登高赏菊黄。
新面磨成做新馍，笼笼提上去看娘。

回母校临潭一中图书馆查阅图书

素心今日觅秋光，岁月深深何处藏。
无悔曾经多少事，年来最忆是书香。

初随单位到帮扶村马旦沟遇同窗王辉宇君（四首）

一

残雪渐融正暮春，半坡杨柳绕山村。
趋前欲问生民计，未料支书是故人。

二

依稀仍是当年样，已少昂昂挺拔身。
眉似迭山云上锁，脱贫重任费精神。

三

门对青山迎碧云，庭阶常扫净无尘。
窗明炕暖沏茶盏，话最牵心是脱贫。

四

山溪流过百家旁，送走打工多少郎。
村貌半新还半旧，人人都为脱贫忙。

参加临潭大讲堂文化讲座题感

寒夜微茫何所求，星光遥映最高楼。
世间苟且随他去，诗共远方心底留。

一中校园今昔

龙楼高耸朗声吟，地洁窗明惟数今。
最忆当年何处好，难寻那片白杨林。

牙关村民篮球运动会

蛟龙乳虎日腾辉，老者数珠观四围。
赛罢场中酬美酒，高歌数曲挽霞归。

无　题

眼看三月暮春归，未见梅开紫燕回。
尽是骚人强作赋，空描碧柳舞芳菲。

抗新冠肺炎疫情（二首）

一

宅居终日闭重门，急避瘟魔遁此身。
冒死逆行谁斩鬼，英雄儿女白衣人。

二

疠风黑浪搅今春，九域惊魂险坠沦。
沧海横流看本色，救民救国是仁人。

采风途中

北山云白北山河，自驾轻轮一路歌。
山鸟山花常自在，故乡故事待收罗。

游天池牡丹园遇主人肖国华老人

金谷诱人来采风，牡丹园在半山中。
天香飘处尘埃远，惟见花仙得道翁。

读陈钟秀《味雪诗存》有感

世事苍黄命系丝，饱经丧乱说支离。
故乡故国云山渺，满腹辛酸一卷诗。

谒范绳武先生德教碑

碑文历历对青山，化雨春风仰大贤。
浮世何从寻绛帐，我来已是百多年。

仲夏雨霁泉古沟随步

幼林新叶绿，细草杂花多。
雄雉高崖畔，飞鸣急走过。
声声催麦熟，布谷唤寸禾。
初日才晞露，马兰开满坡。

忆游店子乡王清洞

山崖生古洞，为问自何年。
代远事幽邈，村荒人少传。
数楹余础浅，残寺半空悬。
溪水涓涓去，因风怀昔贤。

临潭西路尕娘娘

西路尕娘娘，兰衫窈窕妆。
银簪鬓花贴，云发柳眉长。
铛碗链耳坠，靥容巾帕藏。
窗前走针线，莫说本无郎。

冬至夜戏题饺子

神州人尽知，老少所心仪。
口角带文绣，腹中藏宝奇。
终年皆可备，今夜更相宜。
才送一团下，丹田元气滋。

游大沟池

约伴往深山，携壶过几弯。
开樽池畔坐，纵目岫云间。
花草冲风茂，牛羊饮水闲。
浮生重一日，酒尽乘兴还。

咏石权

顽石似冥冥，通灵原有情。
作权衡大小，量物总端平。
本自无私念，从公有实名。
虽然今弃用，犹可警操行。

题临潭十二景（选六）

莲峰耸秀

天落莲台望九重，银河新浴出娇容。
飞梁金顶映晴日，访道青崖留赤松。
花海人潮歌起伏，梵声云影鸟吟从。
仙凡共住洞府地，原是洮州第一峰。

十里睡佛

青山十里仰看真，冶木河边现佛身。
夏雨秋风松竹影，落花流水烟柳尘。
祥云轻抚千年月，慈目还看几劫人。
宝相庄严天地近，万方仪态世无伦。

卫城金殿

势如卧虎与龙蟠，日照月临经有年。
元祖平滇曾驻跸，明王设卫可安边。
西来洮水看飞浪，北上英雄争著鞭。
世事悠悠今望眼，白云飘过凤山前。

石门金锁

青峰云树望嵯峨，锁住洮流浪几多。
自是峡深藏古寺，曾因地险扰干戈。
千寻堤坝金汤固，万顷湖光鱼鸟歌。
昔日荒村魂欲断，今从夕影钓烟波。

侯显故里

每过平川望眼开，白墙金寺坐山隈。
清溪红堡萦桃李，翠柏碧云遮宝台。
浪静南洋通国好，雪漫西藏接僧回。
功成身退思方外，大愿遂弘故里来。

鹿沟叠翠

洮水西来第几湾，桃源寻觅到阴山。
苍松林海连天际，绿野麦田围谷间。
石涧清溪绕宛转，风轻黄鸟尽绵蛮。
碧岑深处歌声渺，花草自香云自闲。

冬过菜子沟唐西平王李晟衣冠冢有怀

枯杨衰草两萋萋，孤冢千年谁咏题。
半塌土崖凭指点，群栖鸦雀任交啼。
衣冠流落竟何在，祖德纷纶长是谜。
社稷功勋传史册，寒山寂寂伴清溪。

临潭县档案馆征集资料有感

故国典文何处求，残编几卷勉存留。
一丝一缕足堪惜，只字片言须细搜。
众手拾柴添旺火，千狐集腋制轻裘。
兰台宝藏传青史，鉴古察今弘远猷。

参编《当代中华诗词集成·甘肃卷》得句

秋风入袖到高台，满眼岚光云锦开。
怀璧陇原人物盛，鸾章文采任镌裁。
庭前白雪因风起，天上黄河鼓浪来。
纂就新编思大雅，柳堤嫩绿远春回。

十六字令·新城海眼（三阕）

潭。水碧山青天色蓝。斜阳下，杨柳影淡淡。
潭。月落城头村外庵。牵丝井，波漾杏花衫。
潭。曾见惊鸿照影酣。凌波起，渺渺逝烟岚。

长相思·冬日重游总寨西番沟再寻昔人题墨处

风如歌，水如歌，白马庙前重又过，神仙故事多。
林满坡，雪满坡，斜径危崖山曲阿，素心人若何！

浣溪沙·丙申小寒重腊八夜金城抒怀

久客他乡未惯游，总无瑞雪报丰收。怅望新月又西流。
何日还来何日去，那人想念那人忧。谁家麦粥欠香稠？

蝶恋花·庚子宅居有思

山上桃花河畔柳，燕子春风，相约清明后。绿树碧云年年有，人间几度曾依旧？

黄鹤楼边人苦久，万里神州，都禁呼亲友。他日出门携杖走，诗成不负江山秀。

朝中措·春雪

高楼伫倚望春风，渐渐树芽红。欲理单衫便帽，趁晴闲踏葱茏。

谁知昨夜，纷纷雪落，山失真容。待到明朝新霁，更见枝头花浓。

胡憬新

胡憬新，男，汉族，1977年11月生，甘肃省临潭县长川乡人，现供职于临潭县政府机关，中华诗词学会、甘肃省诗词学会会员，洮州诗词楹联学会理事。作品散见于《草堂》《甘肃诗词》《扬子江》等诗刊。

寻找寂寞之境界

国画写意山水，常见一线山、一湾水，一荷杖老人，彳亍山阴道上，其旁一石、数木而已。其简约的用笔之后，是意象的空虚悠远，和感情的寂寞宁静，却能给我们以巨大的审美享受。

同样，在中国优秀的诗词作品中，能以寥寥数语勾勒出完美意象，激发我们深远的艺术想象和美感享受：

千山鸟飞绝，万径人踪灭。
孤舟蓑笠翁，独钓寒江雪。

——柳宗元《江雪》

我们可以想象茫茫雪天，一舟独横寒江，一笠翁有若冻凝于舟中，此外的千山万径，只存在于恍惚的有意无意间。这幅绝妙的画，是所有的画笔都无法描绘的，它是一幅只可意会的画境，只存在于我们的艺术想象中。这种意境追求个人与自然宁静、和谐的统一，只依靠单个精神个体的审美视觉；它排斥喧哗和浮躁，而追求宁静与寂寞。所以，这样的艺术思维中，一舟、一蓑翁，此外绝无鸟迹人踪，始为“独钓寒江雪”；但若二三小舟来往，七八野鸟飞旋，就失去了这样绝美的意象空间。

此类审美思维，可归纳于一个词：“寂寞”。老子《道德经》中，它特指“寂寂无声、漠漠无形”的初始宇宙状态。

“有物混成，先天地生。寂兮寥兮”。寂寞、寂漠与寂寥，到后来演变成一种对于客观环境的主观感受，而当这种感受需要回归自然，即将这种感情赋予自然主义的艺术思维中时，便催生了“寂寞”的艺术意境。而这样的境界，屡见于中国古代的诗词作品中，也是我们创作古典诗词的一种美学追求。

寂寞之境，有大有小。大则风骨凛然，小则凄婉动人。风骨凛然，有若琴曲之《广陵散》者，观之于诗歌作品，从魏晋风骨到盛唐气象，其中抒写寂寞者，或有我，或无我，大多皆有襟怀，所以多风骨凛凛者。五代至宋以词兴，寂寞之境，则追求婉转雅致、清丽动人，多个人感受、“儿女气息”。

可见寂寞可以移情，而知物之妙。最后达物我两忘，始为化境！为诗文能达此境，夫复何求？

山　中

野性从来未忌闲，好将云水入忘川。
江生细浪浮青廓，雨罢春萝起绿烟。
明月还须三盏酎，清风不费一文钱。
山中若遇坡仙老，莫笑簪花学少年。

惊蛰别

划地东风逐浪开，云浮雾卷数声雷。
惊飙动处春潮涌，蛰梦醒时花信来。
浅草初莺怜望眼，轻烟软雨劝离杯。
应知此后相思意，长向孤庐听落梅。

秋谒妙华

夕影天光片镜收，妙华不让旧风流。
白云飞上芙蓉俏，金叶凋余碧玉幽。
此日心情伤冷露，他年意气逸高秋。
我今须向红尘去，欲把江山载一舟。

登　高

金鳞万点竞豪奢，江浪云根坠日斜。
九塞秋风惊暮叶，一川烟水笼寒沙。
乱山千叠来时路，归雁三行何处家？
无限登临游乐意，尽悲摇落似芦花。

哥龙峪

——宋种谊擒鬼章奇兵夜出之地

疑兵奇计发洮东，气象原来掌股中。
学士未成和敌论，将军已就缚酋功。
留书几处文词异，冷眼千年日月同。
百世遗民还右衽，江山无语念种公。

再回园里村（二首）

一

江湖何处忆曾游，二十年来又值秋。
老树村头寻梦远，桃花源里探蹊幽。
难期四海云中隐，复向三生路上求。
莺哢一声山水碧，石门依旧锁寒流。

二

峰入清涟水静幽，鉴临华发慕扁舟。
江山映画犹千古，人世回眸已半秋。
急趁流光寻近景，宜行缓桨卧中游。
从来贤圣俱飘忽，唯有沧波不可收。

南望洮阳古垒思宋擒鬼章事

古今形势造英雄，千载皆称种相公。
谋略若输青谊结，山河岂属紫宸宫？
四围起伏云天外，九派通流指顾中。
盛世又逢晴好日，欣然林下快哉风。

咏怀古迹洮阳古垒（二首）

一

阻断东流一脉斜，寒江冷雨洗云纱。
风烟尽逝盛唐垒，晚菊丛开故国花。
雄峙山河非虏道，勤耕村寨是人家。
行来未见勋臣冢，高树千秋有暮鸦。

二

三千铁甲锁襟喉，屏障中原五十州。
忽撤骁军扶北阙，空留孤垒枕东流。
关河一一供强寇，虏骑纷纷出下游。
徒令故臣嗟叹处，盛唐气色已残秋。

山　雨

时雨丝丝透我裳，俗身处处沐清凉。
忽浇卤顶魂千转，顿觉浮生梦一场。
自始未堪成走狗，于今无奈作牲羊。
何由只向山中去？为借风烟洗胆肠。

雨中登西风

蓑衣刻意入苍茫，细雨无须笑我狂。
坐井从来轻大块，蜗居自古老儿郎。
登峰始信山人少，拨雾方知云径长。
为借清风开冷眼，要看世路九回肠。

尕海湖冬雪

雪沃高原径不开，天垂四野接烟煨。
千峰迤逦如龙去，片海澄明化镜来。
越脊风流云散乱，浸湖影动鸭徘徊。
遥看彼岸苍茫处，青白河山一线裁。

暮秋早行（二首）

一

初曦未破夜朦胧，四野犹眠大梦中。
半幕青天云似马，千山岭壑路如虹。
悬空冷月非盈月，射目酸风是晓风。
试望苍茫东海际，朝晖一抹始凝红。

二

因他世事总匆匆，故沐寒星逐晓风。
几点凄凉天际外，一丝惆怅梦痕中。
羞追俗利随趋骛，愿弃浮名化逝鸿。
何处青山知我意？烟波江上寄蓑翁。

莲峰神韵

二水襟怀玉睡莲，红尘谪落一飞仙。
空山寂寂行云雨，碧海深深敛紫烟。
夜月寒霜人定后，秋枫白露未明前。
青鸾不至瑶台讯，暗恨偏生绿黛边。

春雪阻归

线风惊梦五更残，无计春寒是独眠。
欲散离愁眉额际，偏收雪色牖窗前。
银纱漫覆山千帐，青黛工描水一弦。
何日归兮何日聚？也由尘事也由天。

惜黄花慢·夏夜

泻玉流光，映数枝淡影，顾盼冰窗。晚花簌落，夏虫嘁响。百回梦醒，九转情伤。浸溶一线窥帘幕，暗风趁、丝缕幽香。恨夜长，雪梨挂月，青竹凝霜。

曾邀共引樽觞，对素娥曼妙，拼醉疏狂。薄情时日，屡迁岁序。消残雾鬓，催老梅妆。长安故友知如我，料应是、怯酒愁肠。问客乡，座中可有刘郎？

惜黄花慢·立秋再过美仁草原

阔野苍苍，正浸烟欲雨，四顾微茫。接天铺翠，绿茵渐莽，沾衣雾冷，拂面风凉。凛寒不解韶华逝，露梅老、层染秋冈。意恐惶，暗迁日月，偷换星霜。

行来百结愁肠，怅佳音渺渺，别梦绵长。素云轻妙，几萦幕帐，离歌一曲，数绕虚荒。掠空只影翩跹过，雁归去、为语情伤。黯伫望，杳山彼处家乡。

水调歌头·故垒秋雪闻笛

一笛新梅落，十里旧江山。飞花何事，都化怆冷水潺湲。况有千秋兴废，翻作心情万种，垂暮锁愁烟。故垒萧萧下，混雪木飞寒。

人空叹，天易老，月难圆。那堪对此，偏向箫管哭流年。漫道冰葩玉露，皆是云愁雨恨，戚戚趁哀弦。一曲余音绕，四塞尽茫然。

水调歌头·重阳

故园霜树里，倦鸟暮烟中。斜晖无语，遍染山色赧颜红。欲把寒林作盏，倾尽江河为酿，醉杀一衰翁。人倚云天下，魂落碧瑶宫。

世间事，愿难遂，古今同。千秋笔墨，空向黄菊哭西风。未若簪花对酒，趁此重阳好景，慵眼笑相逢。归去闲乘月，泛迹五湖东。

八六子·归乡见雪

暮云昏、水风萧索，惊寒恰是归人。见雁石鸿沙结露，竹栏茅瓦凝霜，暗销梦魂。

盈盈划过无痕，拂面几丝飞絮，潜踪十里烟尘。念昔日、曾为冷香佳客，萼边芳洁，蕊间清绝，那堪旧梦皆消水月，新愁空绕篱门。正纷纷，苍茫数迷故村。

金缕曲·负春

烦恼时时有。恰犹同、飞了飘絮，断了丝藕。常令人如黄花瘦，况对销肠闷酒。且还将、流年细剖。莫把人生从始究，四十年、诸事难回首！忆过处，汗衣透。

临窗忽觉江山秀。却原来、亏了碧树，负了云岫。芳草殷殷君知否？应是昔年故旧。化春信、依然厮守。未若冰消些许恨，趁清风、丝雨微凉后。立曲岸，赏烟柳。

西江月·轻雪

潇洒方窥袁舍，殷勤还绕程门。盈盈一点了无痕，自性原来混沌。

疏影枝头轻絮，梅花蕊里香尘。柔情且去共芳魂，莫待冰心长恨。

满江红·春风折柳

恰是春分，春何处？且看春柳。流渚畔，水清风软，万条依旧。几处飞声穿客舍，谁家碧玉舒风袖？悄无人，忽燕语呢喃，堆烟后。

怨别曲，轻吹久。含恨雨，青衫透。正江河新绿，故人知否？怜此去山长水远，念他乡月寒风骤。长亭外，携一缕离愁，频回首。

西江月·谷雨

香草微风堤岸，玉梨深巷人家。榆梅几树自横斜，粉杏一枝低丫。

袅袅烟萦细柳，粼粼浪拍平沙。春波应是到天涯，谁指长安日下？

沁园春·秋夜

饮散歌阑，秋深夜冷，霜落长汀。正萧杨疏柳，飘飘叶坠；激流喧水，汩汩波鸣。远火荧荧，长星黯黯，寒彻轻衫孤月明。漫凝伫，任拂衣枝闹，吹面风清。

江山空自多情，总留我，年年客此城。对陇云四簇，塞鸿唳怨；关山千叠，征雁魂惊。羌笛悠悠，凤箫脉脉，听断金风尽别声！况此际，恰低回影只，照岸灯青。

贺新郎·白玉兰

正燕莺啼切。暮烟中、夭桃影里，一枝清绝。凝澹风姿尤超卓，簇簇织云雕雪。送缕缕、寒香侵彻。已尽得幽兰玉魄，况可堪、绿竹同高节。看艳李，乞谁悦？

仙人去后终长别。便谢了、流红坠翠，软絛柔叶。千尺青锋铮铮骨，坦对人间寒热。见数度、水空花歇。且向青山迎归鹤，逸几株、萧疏垂斜月。听夜半，唳声咽。

蝶恋花·立夏前见晚山桃盛开

未及伤春春已暮，无奈春归，去去云深处。应是恋春期久驻，乱烟闭锁青山路。

不忍轻狂飘絮舞，谁向青山，借得春回顾？一夜东风催雨注，傍溪忽绽桃千树。

风入松·牡丹

熏风一过动京城，芳姿新晴。衣冠络绎趋南陌，看千门、絮舞空庭。不向东风袅娜，无思细柳娉婷。

盛时花下尽谀声，国色尊荣！铅华一去唯真素，伴空阶、冷月孤明。劲峭惟余瘦骨，婆娑谁解柔情？

念奴娇·迭山横雪

青峰几簇，恰虹销雨霁，乱云飞渡。亘古行来头覆雪，愁压万山迟暮。流带洮岷，江通巴蜀，表里山河固。翠烟冰雾，望中难辨寒暑!

多少故事匆匆，石门千尺，怎锁光阴住？叠嶂迢迢迷草树，曾是藏王归处。四海为家，从今定鼎，自不分诸部。梵音辽缈，悠悠祥乐钟鼓。

水龙吟·冶海问仙

望中春水连山，一池寒碧溶千树。岚烟半卷，翠微深闭，是来时路。野鹤声遥，闲云踪远，山人何处？正买花蓬岛，碧瑶沽酒，醉吟里，斜阳暮。

我欲邀君暂住，捧村醪，问君饮否？“瑶池宴毕，琼浆玉液，意慵身鼓！莫望神仙，人间地狱，非卿谁驻？”尔归兮，我愿红尘久堕，共千门苦！

声声慢·秋临唐洮州城故址

千秋旧事，鸿迹茫茫，寻听洮水幽咽。不尽沧波，应有兴亡能说。萧萧木飞故垒，忆当年、征夫初歇。曾黯对，照秦楼楚馆，一钩山月。

尽夜西风泪望，清霜里，浑脱战衣如雪。空念神京，还是桂香时节。梅花劲吹铁笛，向云山、飞上千叠。曲未了，已吹得、古今寒彻。

贺新郎·临潭李社

——临潭李社，旧洮州八景之一，其为唐西平王李晟家庙乎？今已无迹可寻。念兹往事，感而为赋！

寒角凄吹彻。正仓惶、故巢倾覆，洮流呜咽。空念山河胡尘里，一去戎衣长别。终难补、金瓯憾缺。国恨家仇挥突骑，破定秦、遥祭乡关月。霜刃拭，敌酋血。

千秋旧事云飞灭。但记得、数行文字，几篇传说。曾有高祠栖乌羽，应是神鸦未绝。当社祀、麦黄时节。鸿迹茫茫今何处？幸汗青、常照遗风烈。人尽叹、蔡州雪。

水调歌头·饮雪

云壑似深缶，赚我入其中。却将寒雪为醽，湌煞一衰翁。忽念袁公居处，又忆金貂当去，应叹宦囊空。欲寄玉妃酒，何地托飞鸿？

饮冰魄，倾玉盏，醉千钟。未便即倒，须悟襟袖透清风。尘外飘飘风骨，局内纷纷疲卒，此事两难同。且共青山老，餐雪访梅踪。

木兰花慢·岁末问水

问无涯恨水，为何事，去悠悠？任十里红尘，沙堤柳岸，雾锁重楼。绸缪，且都不管，况年年只管送行舟。玉砌栏杆谁倚，飘零谁慰沉浮？

凝眸，可见江州？湾似带、渚如钩。正暮烟瑟瑟，千芦败寞，陡起清愁。同游，岂知如我，记啼痕酒渍算春秋？夕日无言西坠，沧波依旧东流。

行香子·缘

倏转流光，暗染星霜。红尘里、梦短情长。闲搓鹅管，慵倚秋窗。见迭山横，明山雨，凤山苍。

三生李相，几世刘郎。遍寻处、人海茫茫。怯思前事，怕扯心藏。对字间吟，眉间恨，镜间伤。

沁园春·莲峰神韵

一峰何奇？冰砌芙蓉，玉结莲花。正含情萦带，盈盈春水；临风漫舞，款款云纱。婀娜华容，清扬丽态，遗落瑶池一异葩。初游日，见莲歌易咏，风说堪夸。

山人知是仙家，曾伏谒骖龙御凤车。问寒霜夜月，应思寂冷；秋枫白露，可慕繁华？“念彼苍生，红尘有我，布雨行云万木嘉。回眸处，爱五方禾稼，四野桑麻。”

汉宫春·垛山玉笋

玉笋参天，阅凤山龙伏，几度斜晖？千秋危峙无碍，空锁烟霏。仙人解马，问何时、潇洒来归？风说事、茫茫无迹，四望唯见云飞。

我叹浮生易逝，隔廿年到此，物是人非。同游怎堪点检，旧梦多违。愁思且去，莫如随、造化忘机。君不觉、蒙蒙细雨？多情兀自沾衣。

莺啼序·登东明遇雨

山川自钟异秀，试登临一望。入遥目、映雪浮光，隐隐烟锁千嶂。具双美、良辰好景，和煦丽日东风畅。赏心扬、思逐金波，意随青浪。

碧水经萦，众壑错汇，正人家院巷。效原绕、田亩鳞鳞，聚斯歌哭乡壤。莫轻言、卑微故地，亦曾育、千秋名将。看洮阳、遗垒横斜，远从苍莽。

彤云北起，急雨西来，过西风浩荡。忽疾至、遽敲鸯瓦，渐失明廊，打叶疏疏，透林潇响。群楼雾幕，深闾纱障，繁华空漠知何处？见红尘一洗皆无相。天开野霁，谁惊转眼晴空，却留谷寂塬旷。

偷关暮色，暗下残阳，值气清月朗。恰古刹、星灯初上，斗阁巍巍，几舞飘幡，数闻莲唱。悠悠乐事，醇醇情味，无需杯酒先兴醉，且行吟归去宜扶杖。重门烁烁霓虹，十里通衢，竞容万象。

夜半乐·鹿沟叠翠

赏心好趁风畅，情怀逸发，吟啸归山水。有十里青芜，一川流翠，络岩峭峻，清溪迤逦。远来千壑横斜，絮云闲止。忽婉转，鸣禽炫声媚。

不妨借此漫兴，碧草邀欢，野花留戏。看孔圣、风乎雩游春事。右军书序，庐陵赋记，况前太守坡仙，密州千骑。料犹恨、当年未狂矣！

念此因放：乐遇胸襟，释然心思。见万木、殷勤尽兄弟。莫相辞、君等待我应如是。眠绿绮、曰醉何曾醉？得鱼忘筌斯真意。

六州歌头·古堡斜晖

凭高吊景，暗下夕烟长。川梁合，孤城寂，漾秋光，泣寒蛩。断壁残烽立，接衰草，连枯莽，遗麦秀，飞雉起，散牛羊。陇上田畴，落日浮云影，见惯兴亡。叹千秋事业，毕竟枕黄粱。百代营藏，委尘荒。

望山穷处，曾军燧，人歌地，昔毡乡。按强弓，联帐帐，看名王，醉胡床。往事谁能说，风言语，尽荒唐。何处觅，残绳牍，烂篇章。空累书生老矣，临山水、一顾凄惶。怆霞沉暮晚，北雁入苍茫，唳过斜阳。

沁园春·高峡平湖

奇也山河！崖岩竞秀，丘壑风流。正烟生岭隙，雾从峡底；高蹊曲险，细浪沉浮。危峙重门，横垂金锁，万古边陲作襟喉。叹行久，忽花明柳暗，禾麦千畴。

红尘几度回眸，又须向、逝川忆旧游。见青峰犹矗，平湖浩渺；小村无迹，碧水深幽。年少轻狂，醉时模样，为问斯人还记否？吾何恨？失云中白鹤，江上轻舟。

多丽·先生传

故原苍，暮烟晚景斜阳。废烽荒，无言静伫，千秋似说兴亡。闹哄哄、你方唱罢，雄赳赳、我自登场。换过星霜，销残甲帐，落花流水百人王。喜今朝、机声人语，陇上麦收忙。眠草莽、先生累矣，一饮空缸。

性从来、偏为好古，却对身事茫茫。总因它、利名气短，放不下、儿女情长。几句歪诗，数痕酒迹，三家村里老书狂。趁晴日、坐看秀色，买醉又何妨？闲抱袖、南天云淡，北岭花黄。

水调歌头·秋堤上

归雁落前浦，逝水入苍茫。秋云不雨，都化幽恨转愁肠。临岸徘徊野老，莫向寒潭问镜，顾影鬓如霜。试望萧萧处，木叶舞秋江。

世事幻，红尘短，胆肝长。书生意气，空当道义误行藏。谁是燕城豪杰，借我鱼肠宝剑，直为斩秦王？可待青山老？无语问斜阳！

西江月·冶力关春韵（四首）

小镇农家

缕缕春风煦暖，丝丝杨柳轻柔。小桥浅浅映溪流，镜落天光云岫。

一树山桃灼灼，几声雏鸟啾啾。门前花径正清幽，叩问主人在否？

春归小镇

细雨无声堤岸，东风着意山前。傍临春水柳如烟，正把繁花轻唤。

恰恰莺啼碧岫，盈盈絮满蓝川。小楼西畔倚栏杆，尽是望穿心眼。

雨中山村

是处垂杨门户，几重深绿人家。东风拂柳雨丝斜，乳燕飞来檐下。

脉脉清馨有意，茫茫云海无涯。岚烟何事隐山花？且去循香驻马！

莲峰传奇

我本轮回倦客，君为世外飞仙。载将云水与湖烟，应约槎来春半。

别后千生虚幻，相逢一笑嫣然。感君赠我玉峰莲，勉谢花儿歌遍。

金缕曲·奠故友

君亦沉疴久。数年中、尚嘘寒暖，几人如旧？曾约晴明春风好，笑饮疏茶淡酒，孰料得、惊魂讯骤。天意从来高难问，总由他、覆雨翻云手！空堕泪，漉衫透。

还将冷眼看今后。见惯了、炎凉仕路，骛趋宦友。难测坊间能容否？虽是残花败柳，却怎免、秋娘妒厚。君本南山遗爱守，况半生、才气销群丑。谁为我，击离缶？

翠楼吟·雨中古战

雾抑川原，云沉古堡，东风尽消残暑。凭栏凝伫久，看丝柳柔绦纤舞。遥山微雨，过十里青芜，潇潇如幕。望穷处。翠烟连幛，碧流千树。

欲语。前事绵长，恨汉唐辽远，夕阳箫鼓。襟喉关锁地，去豪客匆匆何许？中州神武，共草莽英雄，皆归尘土。盈盈露。绿波无限，问曾游否？

桂枝香·秋风河畔

临河黯伫，见木叶萧萧，犹坠还舞。二水中分远渚，乱鸦飞渡。沧波渺渺长天暮，指迢遥、断鸿归路。卧桥横枕，闲愁万斛，黄流漫注。

念半生、儒冠竟误。任人做鹰犬，我为狐兔。世事何妨，一笑且从鸥鹭。青山隐隐千峰矗，问悠悠此意谁诉？故人何处，秋风塬上，夕阳烟树。

满庭芳·秋风河口渡

水绕前汀，云沉远渚，暮江望极凋寥。西风渐起，零落木萧萧。浩荡闲愁千顷，接天处、雾锁长桥。寒烟外、残阳如血，陇塞路迢迢。

遥遥，思故事，关河禁钥，铁石难销。去明月楼台，缓管轻箫。浊酒一杯万里，几人似、傅介班超？今朝且、漫谐新曲，试把旧魂招。

行香子·风雪洮阳城

寒雨苍茫，凝雪飞扬。山川寂、略显凄凉！一望枯莽，消尽残黄。正风声疾，蛩声碎，鸟声惶。

危亭黯极，波冷洮江。千秋事、聊引樽觞。醉中词客，梦里名王。问为谁争，为谁苦，为谁忙？

满庭芳·夜雪

堕地无声，飘灯过影，殷勤唯解轻扬。穿枝沾叶，夜静趁风央。不绕程门袁舍，偏来助、旅枕凄凉。霓虹映、飞花万点，空径渐茫茫。

疏狂，依旧样，谁怜别后，更似谢娘？念零落琼英，为启轩窗。也学梅花俏俊，飞来作、笺上寒香。凭谁寄，冰心一片？隐隐曙天长。

金缕曲·纪洮州大儒范绳武夫子

赖有先生处。看乡隅、春华桃李，秀岩苍树。斯道金声而玉振，座下洮材翘楚。济济列、朱程门户。训谕谆谆风满袖，更拨云见月辩今古。续往圣，启新举。

时逢末世狂涛阻。乱纷纷、山泽丘墟，故宫离黍。奔走衣冠如狐兔，听惯鸱枭夜语，恨不解、黄钟大吕。幸引斯文传教化，立明灯一炬摧天曙。试为子，谱金缕。

沁园春·羊沙镇

幻羽飞来，风升袂举，绰约前山。见灵烟潜壑，银龙腾跃；奇峰挂月，玉璧清圆。寒水潺湲，波光潋滟，空里流霜溶曹川。乐斯境！借莲花作枕，容我高眠。

红尘一梦千年，又何必、从头述变迁？况枫燃秋峪，云生浪谷；湖平九甸，溪发双峦。阅尽沧桑，山河无恙，依旧人间好洞天。趁闲步，但随心所欲，到处怡然。

沁园春·登唐洮州城故址忆李西平

险塞攒雄，封疆掌内，井邑毂中。况危峰嵌月，环波涵影；朝晖流铄，暮色腾蒙。并枕洮江，阴阳互势，奇气天钟李相公。登临处，试鹏鹏新拭，剑吼西风。

关河应运无穷，恨千古名王亦梦空。去浮光盛世，霞堆锦绮；耻闲晚景，霜冷青锋。吴会云间，长安日下，犹指家山路万重！销凝久，但寒烟余照，一抹残红。

沁园春·春过黑松岭

云淡风轻，天澄似海，浅草如烟。见参差几树，乔松微墨；零星数点，金露初妍。万壑晴岚，百洄岷叠，阅尽千山一水还。漫凝伫，指新庐旧舍，聊趁余闲。

生民应自何年？正老柳、依门半吐棉。对悠悠过客，秦屯汉徙；离离黍麦，隋陌唐田。佞相坟荒，忠臣庙久，一梦留今作戏看。恰时日，照人歌盛世，里巷喧喧。

西江月·小村晚景

袅袅婷婷杨柳，三三两两人家。春风缕缕晚烟斜，夕日悠悠西下。

进院几声犬戏，凭炉半罐煨茶。清香源是炒胡瓜，儿女灯窗闲话。

江城子·春晨

一江春酎拍烟汀，水波轻，沐霞明。夜过疏风疏雨晓山青。残梦依稀由露径，看翠色，与云平。

人生老易悔无情，对卿卿，误莺莺。忍把低斟浅唱换浮名。可奈心思如坠絮，谁呼作，满河星？

临江仙·冶海牡丹园

垄畔三蹊香径，亭前几度熏风。闲来携杖阅芳丛。小园皆锦绣，此老是仙翁。

百劫修行万法，何如浮世花农？半怜颜色半怜空。相逢开口笑，拈取一枝红。

行香子·聚会

草色青葱，崖色娇红，绕村庄、烟柳重重。有心双燕，无语东风，共意徜徉，花依约，雨空蒙。

星灯古寺，点唱鸣虫，挂檐头、钩月朦胧。亭中醉客，座上余盅，听一声吟，一声笛，一声钟。

沁园春·秋夜月色

衾透薄凉，帘动微芒，一枕清霜。正冷枫浴影，乳烟缥缈；衰芦摇叶，雪浪苍茫。莹澈冰心，澄明玉宇，化羽轻灵仙梦长。无眠夜，看千门澹澹，漾漾瑶光。

红尘变幻空相，问几度轮回费计量。念三生石畔，青灯古壁；九华帐里，花貌云裳。字断风流，书凝慷慨，秋水寒声入大荒。人散尽，恰月华如练，空绕西厢。

惜黄花慢·秋夜

夕影摇红，见浅横半黛，低敛眉峰。远村数点，野灯黯黯，近流一派，枯木蓬蓬。坠寒残叶飘空径，暮深也、霜冷愁浓。料与同，此时别恨，千里溶溶。

知它水复山重，怅断魂万缕，未计秋风。镜前衰鬓，日边旧梦，天涯苦旅，窗外鸣蛩。五弦抚尽无人语，问谁谱、掠水惊鸿？夜正中，素云淡月朦胧。

金缕曲·冬晨别

侵面风犹冽。正熹微、薄云天气，厚寒时节。古道新霜留鸿迹，半是人间离别。凄凄共、鸡声晓月。我叹青山容色黯，料青山、怜我头飞雪。此中恨，与君说。

少年自负心胸烈。胆肝藏、青锋冷影，暗尘龙血。四十三春惟残锈，落拓江湖顽铁。见一笑、缨冠索绝。不论功名先载酒，问书生、几子堪称杰？星两点，尚明灭。

金缕曲·谢诸同仁饯别

世事堪言否？奈何它、沉沉辽海，浪凶涛骤。常恨人生如棋局，执子谁知其手？还须凭、余年参透。莫问青山归去处，总此身、落落风盈袖。倾别盏，味浓厚。

微醺忽觉西风吼。正映窗、半昏灯火，几条残柳。忘却流华宜称友，留取心魂相守。盼一笑、春鸿过后。隔座送钩难拼醉，谢诸君、听我狂歌侑。将进酒，尽余斗。

金缕曲·元日

忆昔春时节。正湖山、半空烟雨，无边风月。载酒行因林泉约，醇酎三杯微冽。醉不倒、玉山千叠。横笛莫轻离歌咽，为怜花、听落花飞雪。金缕曲，更吹彻。

今朝修得安心诀。检案头、三生故典，数篇《吴越》。千古悠悠英雄劫，尽道壮怀激烈。细看处、潮平云灭。留待因缘龙华说，只拈花、一笑花清绝。身是梦，梦归蝶。

李锐

李锐，网名文莱，男，汉族，1962 年生，甘肃省临潭县新城镇人，现供职于临潭县某机关，中华诗词学会、甘肃省诗词学会会员，洮州诗词楹联协会理事兼责任编辑。曾获《格桑花》杂志 2018 年度优秀作品奖，作品收编于中华诗词学会出版发行的《回国颂》《甘肃诗词》《洮州诗词》等报纸杂志和各种网络平台。

洮水粒粒涌珍珠

我自幼受父辈影响与熏陶，酷爱山水诗词，读诗写诗就成了我日常生活的一部分，在繁忙的工作之余，成为安慰自己放松自我的有效方式，也成为我向先贤求知，与大师交流的方式和载体。1987 年，当地诸位前贤顺应时代召唤，以文会友，结社赋诗，他们博学多才、耿直高洁，有了前辈们精心培植的文学创作土壤和各位老师的鼓励支持，我创作的热情被激发了，为庆祝香港回归而创作的作品被选入中华诗词学会出版发行的《回国颂》一书。2017 年，临潭县成立“洮州诗词协学”，在各位老师的帮助鼓励支持下，多篇诗作发表于云帆平台、《甘肃诗词》、《格桑花》、《洮州诗词 · 丁酉集》、《洮州诗词 · 戊戌集》和甘肃文化出版社出版发行的《盛世华章——庆祝新中国成立 70 周年甘肃诗歌作品集》一书，2021 年随同洮州诗词楹联学会的各位老师集体亮相于中国作家协会《中华辞赋》，使我倍感荣耀，心存恩念。几年来，我用诗词营造着一方天地，抒发了对家乡对人民的热爱。我认为写诗不仅仅是个人的事情，更多的是一份对传统文化的传承与发展，一种对更高精神世界的寄托和期盼。针砭时弊，惩恶扬善，充分发挥诗歌在社会生活中的现实作用，弘扬主旋律，讴歌新时代，才是当代诗人必须面对的首要任务。故乡洮州地灵人杰，人文荟萃，古往今来，无数仁人志士、社会贤达、文学巨擘守望着这块乐土和精神家园，用诗的语言歌颂她，赞美她，我又何乐而不为呢。对于诸多文学期刊、微信微刊的关注与点赞，诸多评论家的点石成金，都使我信心倍增，欢喜若狂。

古典诗词的春天已经来到，80后、90后甚至00后的作者们如雨后春笋般层出不穷，他们魄力雄强，气脉飞动，给整个古典诗词注入了一股鲜活而持久的力量。作为洮州诗词微刊编辑，我会以这次中国作家协会文化帮扶即将付梓的《洮水流韵》为契机，深入现实生活，顺应时代潮流，用诗人特有的敏捷和睿智，洞察社会深层，聆听群众呼声，汲取传统诗词的丰厚滋养，不断更新诗歌写作理念与审美情趣，扩展认知视野与写作视域，用现代意识和多元因素，将跫音踩成天籁，以凝练的语言、绵密的章法、充沛的情感以及丰富的意象，潜心修行，认真体悟，于山水处从容，于无声处清欢。在格律创新和题材拓展上下功夫，力争作品意境高邈，情思宛转，辞藻精丽，声调和美且能疏密相间，读来令人回肠荡气，认真书写出无愧于这个时代的新篇章。

庚子大雪

月挂东林壑，彤随节序生。
松风嘶叫处，确有折梅声。

临卓两县诗友同庆元旦快乐

岁尾歌新韵，年初约旧邻。
浓情三碗酒，分享两年春。

己亥冬至夜雪

严寒冬未至，玉蝶奋飞扬。
满树银花落，无人去闻香。

敬步马凯先生贺中华诗词学会五代会召开

韵出京都府，忧民发聩声。
群英扛大纛，雅士捍真情。
勒石神州赋，魂贞国梦萦。
骚坛传喜讯，抚吕自嘤鸣。

新城端午

骤雨新城镇，荧光秀布篷。
三千商旅客，十万主人翁。
舞榭江淮梦，银弦陇上风。
巍然鞑王殿，祀祭古豪雄。

登戚旗村三仙坪

旖旎山岚秀，葳蕤草木齐。
山岩寒玉漱，柳荫紫烟迷。
白桦霜前翠，灰鹃雨后啼。
农家亭影外，牧马小桥西。

三　岔

僻壤东南路，风情溯旧年。
斜沟朦晓月，黑岭崛云天。
王帽消酣暑，高楼带雨眠。
三流交汇处，一水紧相连。

夏过紫云寺

雾湿花香苑，晴岚妒彩霓。
黄鹂鸣翠柳，紫燕吻春泥。
刻石寻茶赋，摩岩辨马蹄。
山形神自秀，古寺伴云低。

己亥新年杂咏

水冻风寒拓远天，春阳日暖辅心田。
墨香难遣新诗句，错把吟鞭忘去年。

夏过羊溪河

湖波荡漾薯花香，望断清溪泛紫光，
鸭借微风摹篆体，情书暗写水中藏。

洮州蕨菜

目送青山白雾飞，朝风暮雨紫芽肥。
凡夫我也尝龙爪，脚踩花香出翠微。

与友人游植物园天斧沙宫

信步环湖谊可嘉，霜寒菊蕊忆秋华。
沙宫容我添诗料，一酹馨香醉晚霞。

铁城晓月

一抹残垣未照红，浪花拍岸水流东。
寒蝉不解兴亡事，依旧峰头挽劲弓。

太平寨

绿树青山鸟脆鸣，长衫款款笑盈盈。
村名不必多考究，和睦神州仰太平。

秦关村

水绕山环不用寻，田畴巷陌柳成荫。
当归始发浓香味，客过柴门已染襟。

庙花山

入夜春风到庙花，云蒸水静绽烟霞。
扶贫政策人心暖，僻壤修成别墅家。

小亭忆旧

村穿大路涌车流，巷陌青杨鸟语稠。
土舍茅庐成往事，闲来亭下忆乡愁。

范家嘴文化广场聚缘亭

槛外梯田绿难禁，山衔溪水伯牙琴。
四围落照炊烟起，聚缘亭前说古今。

范家嘴文化广场

南墙月影暗离亭，槛外银河万点星。
夜已阑珊人未静，儿童独自扑流萤。

再过美仁大草原

苍茫四野绿无垠，望断天涯草色新。
车到荒原深远处，翩然蝶影绕行人。

车过刘家峡

万顷琼田峡内藏，飞舟似箭影行行。
青波望断皆澄澈，半是山光半水光。

闲游如意园

闲来挈友到怡园，绿树红花鸟语喧。
小径无苔垂柳护，恬然已到紫云轩。

公园网红桥

暮色朦胧没柳条，沙河月影伴歌谣。
秋千架上连宵夜，舞袖翩翩荡板桥。

公园小池

石径弯弯接小池，芙蓉似醉卧涟漪。
喷珠泻玉砂岩下，鲤向游人慢吐诗。

公园夜景

亭台隐隐水哗哗，绿袖红衫覆面纱。
锦鲤窥人兴未尽，轻摇叶下老荷花。

秋末如意园观锦鲤

菡萏垂萎柳叶枯，恬然寂静鸟音无。
死生未卦严冬至，池面悠游太极图。

再过羊溪河水坝

两岸青山水上移，环湖倒影雁飞驰。
蓝绸一匹轻舟熨，烫破云天尽眨眉。

大阅兵

方阵铁血感威仪，甲胄披肩飒爽姿。
世界震惊同瞩目，钢流共护五星旗。

过庙花山观景台

半是清波半锦纹，荒烟白石两不分。
车轮自有奇情处，惹带青山一缕云。

观中寨村牡丹园题联

峻岭崇山侧耳听，姚黄深处演兰亭。
群贤毕至惠风畅，谱写党人座右铭。

羊巴古城

一

碧水滔滔去复回，冲天绝巉锁崔嵬。
山桃不解兴亡事，尽向城头顶上开。

二

四月桃花盈两岸，红冠绿衣拥曾城。
停车古垒闻风雨，恰是当年铁马声。

过李家坟

一

边民不幸嫁君王，碧瓦红墙血染黄。
麓畔坟头狼毒草，随风夜夜说凄凉。

二

依山傍水势不同，遗址犹存夕照红。
自古君王多薄义，空留一冢野荒中。

过王清洞

石路盘悬一望惊，蜂房佛殿暮云平。
先生不在诗常在，空有青山蚂蚱鸣。

卓洛下园拾野菜

购铲提篮出旧城，堤边刨土嫩芽生。
于今换作休闲客，听取流莺两三声。

霜降日夜雨晨晴

秋风带雨夜生凉，绿袖红衫里外妆。
岭妇山姨皆爱美，额头浓抹玉兰霜。

节前晨雪鸡行图

昨夜寒风吐艳华，窗含西岭树披沙。
红冠画士陈门外，雪上竿竿竹影斜。

李歧山村

雾下平川水去洼，凹山凸岭有人家。
耘田总在青云上，袅袅炊烟认晚霞。

翻看少年影集

他年往事已封尘，记影青春最逼真。
笃信时光无变幻，翻开已是过来人。

忆大草滩访亲夜宿山峁小茅屋

芳林月照柳莺鸣，径顶茅庐迓客行。
泉水不分人贵贱，琴弦入耳至天明。

过慈云寺

焚香一拜意虔诚，合掌如来似有声。
苦海回头常是岸，莲田福报锦前程。
三千佛界无尘土，十殿庄严护众生。
到此难能消俗念？休看菩萨眼不睁。

秋末石佛沟

依山壁垒气恢宏，四面松涛入耳声。
佛殿庄严迷石像，菩提塔影伴云生。
藤埋野径青杉秀，鸟唤层林绿水呈。
自古神明知善报，焚香不必卜前程。

夏游官鹅沟

一

车程百里快如镖，未觉崇山石路遥。
水落悬崖仙击掌，风摇壁垒雨喧嚣。
鸾飞远壑迷鸿影，树卧清波荡软桥。
槛外扶筇宜入画，争看瀑布下云霄。

二

谷秀峰奇一线天，龙门闭锁吐寒烟。
晴岚闪亮云浮岭，暗雨垂帘涧挂泉。
裸石无衫连曲线，凹崖诱日竖银弦。
官鹅已是桃花寨，莫问渔人未了缘。

夏游三角石一线天

磐崖突兀阻征骖，虎卧龙岩睡未酣。
栈道深幽连锦域，云帘半卷启朝岚。
穹空仰视蓝丝扣，地府通开碧玉潭。
锯断岷山冰寨岭，烟霞从此锁东南。

如意红崖

恬园秀阁卧清波，绿树红花鸟唱歌。
柳发莺梳嫌日暖，梅唇蝶吻喜风和。
虹桥倒映摇人影，绣石翻珠滴雨荷。
古邑千年知兴废，春光十里耐消磨。

回乡偶成

一

曲岸栏桥接远林，芳香野旷补春阴。
池边柳发随风洗，叶底蘑菇和雨淋。
径外频翻蝴蝶翅，亭前婉转杜鹃吟。
岚光紫气呈祥瑞，意动乡情证我心。

二

沿堤古树欲参天，几处浓荫舞管弦。
倩影穿桥花嫉妒，泉声漱玉水缠绵。
松围白鹤迎风起，柳拂青鸾带雨旋。
一梦成真观胜景，仙凡到底有前缘。

大房沟

问道云溪小径荒，泉边杂草隐花黄。
芒鞋湿透迎晨雨，竹杖衔泥带晚霜。
岭下炊开烟袅袅，沟头雾撤野茫茫。
山翁不管沧桑事，种豆南园醉夕阳。

秋　兴

久处丛楼未觉秋，繁花似锦醉双眸。
金风送爽千竿秀，夜雨淋漓万木稠。
远壑层林霜尽染，公园淑女亮歌喉。
思乡托咐南飞雁，传讯天涯莫嘱愁。

秋　吟

翻屏片片送秋凉，廓外田畴谷正黄。
岭上降霜林尽染，云旁曳尾雁翱翔。
堪怜鸭诵缠绵句，断意蝉鸣续晚章。
最数无情湖畔柳，虚寒未等卸浓妆。

洮州诗词船城雅聚

一别船城叹久违，寒冬故地凯歌飞。
骚人雅聚藏王府，美女频尝锦鲤肥。
耳畔洮声传厚谊，窗前焰火透丝帏。
圣原此夜多文采，借酒和诗俱忘归。

金城至海石弯

春风着意好风光，舒目桃园绽异香。
岭外参差花似锦，车前曲直柳丝长。
洞穿地府连西海，铁架虹桥近太阳。
四月常宜南北客，云霄展翅彩鸾翔。

徐家山森林公园

绿树层层草木青，翠微深处锁凉亭。
山弯汽笛寻芳路，壑顶松风唤雨铃。
足下参差藏古寺，河前曲岸隐沙汀。
浓荫指引嵯峨外，耸立碑陵左右铭。

白土村

背靠苍山薯豆香，春风眷恋小村庄。
钗头纂黑银苦浅，袖口榴红锦带长。
雨过青泥飞雁隼，云缠白土牧牛羊。
梨花巷陌如相问，尕令一声可断肠。

登九州台

苍松翠柏欲参天，雨后层峦景物妍。
举步文昌连广宇，登台禹帝渺如烟。
青峰有径山云外，碧野无尘玉带牵。
瞰览黄河扬国粹，风骚绝代仰前贤。

过八角十里花谷

闻香十里喜重游，姹紫嫣红惬意稠。
出岫山泉常自笑，临摹古寨久停留。
微风入谷林涛静，远壑飞车汽笛悠。
白石千秋长屹立，遥天似画彩云收。

沙　湖

环湖为岸鸟翱翔，万顷银波泛紫光。
割破蓝天舟似箭，移除苇岸雁追航。
遥山染黛摇裙袖，近水蛾眉换彩妆。
万里辛劳无困顿，诚然塞北赛天堂。

塞上江南

诚言大漠锁江天，塞外湖光紧相连。
翡翠盘中翻白鹭，珊瑚岛里隐红船。
鸥飞荻苇窥人语，雁叫莲塘带雨眠。
瀚海驼铃迎客驻，长河落日看孤烟。

流顺镇

山含雪岭雾含娇，四季门前绿水漂。
紫塞彤云红旧堡，桑田密雨润新苗。
青松馥郁圆城寺，碧草栖霞上寨桥。
自有龙图无错案，声名百代九重霄。

卓洛乡日扎边墙

堞影参差证险关，边墙似带扣心环。
双城对峙山形秀，一岭中分水往还。
寨下清明忙套种，庵前妇孺少人闲。
烽烟已熄看桑梓，半部隋唐史未删。

敬谒范绳武先生故居

云绕青山水绕村，甘棠博爱誉黉门。
培兰绘就先贤路，懿范凝成学子魂。
两鬓秋霜桃李艳，双肩道义史留存。
功碑字没名长健，化雨春风带杏痕。

黑松岭

名重八景迤苍穹，黑岭乔松蔽日红。
涧水澄蓝琴韵雅，弧桥板影月朦胧。
兰花吐艳弥天净，紫雁云封没远空。
故垒犹存人事渺，青山雨洗郁葱葱。

王清洞

每过仙乡易展容，松涛入耳水淙淙。
扶栏可见千层雨，踏步荣登万仞峰。
古洞无灯明月照，山门不锁白云封。
先贤已去箴言在，出岫烟岚伴晚钟。

冬日暗门沟

车程一路沐曦晖，到此山门入翠微。
涧水黏溪声震荡，危崖削面鸟斜飞。
参差白桦随云起，聚散晴岚落幕帏。
已是严冬松竹韵，冰封不见小鱼肥。

己亥元旦

熏风一路到神州，入户登台上鼓楼。
覆岭青松随岁古，萦窗紫燕伴年稠。
三餐忌晦金猪涨，十载欣逢硕鼠忧。
旧历频翻佳节近，星辉彩耀水东流。

有感除夕出征武汉

逆旅冲霄壮九天，江流不阻爱心船。
同飞黄鹤谋良策，挽手江城解倒悬。
万里航程凭北斗，三千疫患仰南山。
怜民有恤颁军令，决战龟蛇见凯旋。

七　一

重逢七一念红船，星火燎原耀九天。
振兴山河除旧制，遵从马列志弥坚。
披荆斩棘开新路，解困排危奋着鞭。
党绘蓝图谋福祉，神州筑梦日正圆。

卜算子·己亥大雪

何处觅飘扬，不见琼花落。数点枝头欲放红，偶见湖中鹤。

节未至隆冬，已把红梅约。莫谓追风莫赶髦，信守来年诺。

赤壁幽谷·仙吕宫第一式

【点绛唇】白石半躺，腋下赤壁千百丈，虎卧龙翔，鸟鹊层林唱。

【混江龙】绿波摇漾，僧人诵经卧斜阳；喇嘛坐洞口，仙魔十八掌；避尘世人醉琼浆，近烟村满目山光；彭祖仙人洞，赵龙拴马桩；画廊，招天下才郎，泼尽墨毫，吟断诗肠。

【油葫芦】偷天妙手绣锦章，叹琳琅，垂杨绿柳清波荡，四屏风吹回音响，薰衣碧草神气爽；四方磐石，御驾龙王，一柱擎天不寻常，携定海神针金箍棒。

【天下乐】取经路遥难思量，揖别唐王，马驮玄奘，棒杀蛇精邪命丧；前有孙悟空，后跟沙和尚，除妖来到这彩云岗。

【哪吒令】彭祖修道，见观音伏蟒；石佛打禅，锁妖鬼豺狼；月宫蛤蟆，唤提斧吴刚；仙人藏洞内，晴天闪银光，赏功圣旨耸云乡。

【鹊踏枝】虎猎獐，熊舔掌；峡径悠长，泉泻天罡；缥缈见梨花飘雪，依稀吻麝返余香。

【寄生草】闻环佩，玉鸾藏；撷果露，梦高唐；举金樽痛饮君豪放，醉琼酿携侣真舒畅，到此间难觉有惆怅；赤壁无尘秋气爽，崔嵬深处山雄壮。

【赚煞】紫微贯北斗，月出东山上；雨霁山苍翠，霜重树浅黄；满目金秋洒霞光，勾魂牵魄捻吟肠，金盆地十里蕙兰芳，茶楼酒肆竞堂皇；富了钱庄，乐坏同乡，看那琼瑶村换了旧模样。

石文才

石文才，男，藏族，网名白云无声，1962年5月生，甘肃省临潭县店子镇人，卓尼退休教师，中华诗词学会会员，甘肃省诗词学会会员，洮州诗词协会会员。作品散见于《诗刊》《甘肃诗词》《洮州诗词》《卓尼文艺》及《甘肃日报》《甘南日报》等报刊。曾荣获第二届“诗词世界杯”中华诗词大赛一等奖，第八届“羲之杯”全国诗书画家邀请赛二等奖。

个人创作谈

伴随唐风宋雨，一路牙牙学语，蹒跚走来。为消除孤寂、修身养性，执着于古体诗词，并虔诚地奉其为精神寄托、灵魂家园。也许，这就是一个失去声音，终身残疾者的孜孜追求和爱好乐趣吧。

每当风和日丽，花木繁阴，于俗忙中偷闲旷野，登高远眺；茶余饭后漫步洮堤，临水感慨。沐松山之氤氲，濯洮水之清流。绿映黛崖，丹流翠壑，四时佳兴，万象更新。悦耳目而快心志，涤杂烦而远尘嚣。

踏一地朗月艳阳，回望前尘，任往事放飞。走在山川小径的琴弦上，让思绪弹奏出绵绵的乡愁、淡淡的忧伤。披一身风雨雪霜，任梦想在心田悄然开放，幻化成吁叹、感慨、赞美的馨香。

口不能言，惟有手中拙笔、朴实文字，借助于古体诗词，描写洮州日新月异之巨变，抒发对家乡故土的热爱赞扬。将草原秀丽的自然风光、淳朴的风土人情、厚重的人文景观，介绍给读者。让更多的人了解甘南，来草原旅游观光，亲身感受雪域高原山清水秀、鸟语花香、清新隽永的繁盛景象。

始终坚信，诗，既能除去忧伤、带来欢乐，更能净化心灵、陶冶情操。

春　雪

大雪化甘霖，岚烟一望深。
枯枝无落鸟，碧水有鸣琴。
解脱扬尘扰，松开冻土禁。
醇醇冬酿酒，点点入春心。

黄昏携孙漫步有感

春暮晚风轻，携孙洮岸行。
童真萦画意，夕照涌诗情。
碧水清波荡，祥园笑语盈。
街灯随入夜，望月柳梢明。

望夏日暴雨口占

午后惊雷动，长天似着魔。
乌云压城疾，骤雨逐滂沱。
浊水漫街市，泥沙起浪波。
临窗环目望，大道变成河。

芒　种

芒种翩然至，山川换锦装。
菜花开笑靥，豆麦溢馨香。
粉蝶嬉芳蕊，黄蜂采蜜糖。
欣逢及时雨，润物泽农桑。

冬至日随笔

青阳孕生意，冬至渐萌苏。
朔气弥荒漠，寒光映野芜。
珠玑冲玉浪，老酒煮铜壶。
瞻望新春景，风云绘壮图。

冬日答友

世事安能测，何言理想空。
山腰缠雾瘴，壑底现琼宫。
路窄弯弯绕，心宽处处通。
莫忧寒气逼，昨夜梦春风。

随友拜访高龄老人有感

苍颜耄耋热心怀，满室春风扑面来。
暖意无形诚意动，浓情有味盛情开。
鲜菇嫩笋家常菜，淡酒清茶罗汉杯。
四世同堂迎亥岁，平房火炕胜瑶台。

雪夜醉归

摸道艰行雪正飞，街灯忽破夜重围。
匆匆一梦新年过，缓缓三春陌上归。
恍惚流光驰蛱蝶，蒙眬醉眼看蔷薇。
翻书卦问前身我，何故红尘万事非。

过年的滋味

欢度新年乐若何？街头场院看秧歌。
赠言祝福留微信，舞蹈秦腔听大锣。
团拜完成亲友少，网聊造就蜜闺多。
妪翁寂静围炉坐，皇历频翻叹逝波。

别家山

迂回洮水叹沧澜，风雨平生屈指弹。
强忍雪霜涂鬓白，常将雅韵慰心安。
一声道别家山远，半日相逢酒兴残。
待到夕阳归倦鸟，童真再聚万般难。

回乡记忆

树色迷蒙村影清，姑娘小伙不知名。
团圆广聚儿时友，家宴频邀发小兄。
万里行囊皆是梦，三秋衰鬓若为情。
当年僻壤荒凉处，坦道新楼向日生。

春雪初霁

东风煦暖抚洮滨，朵朵晴云似羽鳞。
候鸟声中残雪化，骄阳影里嫩芽伸。
钟鸣古刹传禅意，鸭戏清波逐玉珍。
仰望苍穹碧如洗，春潮滚滚励精神。

咏桃花

妖娆一世落红尘，嫁与东风老此身。
莫叹绿肥催薄幸，须从红瘦赞清纯。
桃源记里迷游客，崔护诗中念故人。
若问余生何处寄，应知最喜武陵春。

题文房四宝

笔

短竹苗条舞墨文，飞身走步锦章存。
轻姿窈窕帛无染，雅态妖娆纸有痕。
诤语难言堪寄卷，情愁不诉可牵魂。
千年史事传天下，画写功高占独尊。

墨

笔为挚友水为朋，帛纸知交共死生。
香较梅花多一韵，颜如炭素胜三成。
诗章词赋倾身献，画卷鸿书奋力争。
千古文明留印迹，翰笺传史记衰荣。

纸

锦绣文章出玉襟，名垂青史贯于今。
画家点彩妖娆现，骚客抒怀璀璨吟。
绝代风姿君子意，浮光麝月美人心。
精华著作皆传世，自古身高远胜金。

砚

洮河绿宝世奇珍，自古文房献玉身。
愿做英才铺路石，甘扶孺子学书人。
传承瑰丽功勋著，撰写春秋情义真。
墨液凝香扬国粹，羊毫搏浪抖精神。

春望（新韵）

二月春风料峭寒，登山俯瞰自凭栏。
穿林小鸟鸣声脆，滚地洮河碧浪喧。
两径栈桥人踊跃，一川楼宇影斑斓。
草芽破土俦思路，绮梦几回相见欢。

春日登山

为遣闲愁上远峰，攀缘栈道访寒松。
桃花孕蕾怀芳梦，柳叶含苞挂玉茸。
残雪迎眸痕迹浅，春风抚面热情浓。
诗心激荡难斟酌，信口打油哼出胸。

周末寻春

一

春阳送暖过桥东，蕊报枝头叶色绒。
沐露清肌藏素袖，含烟淡岭锁香风。
谁怜雪化妖娆尽，自惜芽新蓓蕾红。
独赞韶光期烂漫，蓦然一束玉玲珑。

二

才观瑞雪洗松新，便有清风唤仲春。
老柳芽肥绒缕缕，夭桃蕾媚影频频。
檐前几盼穿帘燕，室外多增踏栈人。
静待群芳花语近，明朝必定梦成真。

慈云寺

洮阳古刹慈云寺，净土灵空绕梵烟。
院植菩提飘瑞气，堂开佛法结仙缘。
晨钟悟道醒尘世，暮鼓参禅度大千。
香客熙熙纷沓至，求安祈福祷丰年。

老同学聚会有感

同窗聚会乐悠悠，笑语欢声漫小楼。
昔日风华留梦影，而今岁月染霜头。
开怀畅饮藏王酒，恣意欣消尘世愁。
愉悦时光知短暂，心旌野马总难收。

沉痛哀悼木里森林火灾牺牲的英烈们

含泪收看英烈归，神州无处不伤悲。
献身捍卫绿屏障，舍命消除赤焰危。
蹈火赴汤驱大难，冲锋陷阵树丰碑。
炎黄儿女齐哀悼，伟绩长存名永垂。

清明（二首）

一

清明幸得沐晴阳，念上思亲返故乡。
手抚坟茔情切切，魂牵宗祖意长长。
落英旷野三春发，归雁荒丘九曲殇。
一片丹心无处寄，全将热泪注胸膛。

二

又是清明祭念殇，阴阳两隔恨无常。
扶碑暗泣千行泪，扫墓悲焚几炷香。
半首残诗怀往事，一壶浊酒慰沧桑。
春深莫道朱颜改，早已青丝化鬓霜。

春日偶感口占

近来日暖觉升温，厌坐层楼喜出门。
饱食三餐专拣素，不闻一事只看孙。
沿河望柳牵思念，隔院观桃落魄魂。
废体残身多感慨，堪怜造化再生恩。

暮春杂感

泥泞侵途雨正飞，骄阳难破雾重围。
匆匆一梦春将去，缓缓三旬夏又归。
恍惚蛛丝缠蛱蝶，朦胧院壁绕蔷薇。
翻书欲问红尘事，何故真诚反惹非。

祝贺诗友临潭县六志堂文化艺术有限公司开业鸿禧

春风拂面锦成堆，客自书山韵海来。
六志堂中留墨宝，迎宾宴里品香苔。
佳肴味佐琼浆酒，椽笔毫栽艺术槐。
挚友公司开盛业，振兴文化聚良才。

脱贫攻坚

扶贫摘帽未能休，奋力攻坚热汗流。
脚踏尘泥送温暖，身迎雪雨献筹谋。
机关虽有三餐乐，公仆仍牵万户忧。
只愿乡村皆富裕，心中石落别无求。

朝花夕拾，旧作修改

一

近来倍觉作诗难，一字呕心吟未安。
岁月多艰多感慨，文章不曲不波澜。
读书百遍通微义，下笔千言灿大观。
收拾寻常花月意，扶风豪气入云端。

二

昨宵翻检旧残章，灯下推敲任夜长。
古史钩沉观世态，新词修改问沧桑。
是非无据难评断，得失谁能作主张。
妙笔生花休自诩，人间万事等寻常。

谷雨二首

一

浩荡春风化雨来，严寒冰雪自消哉。
逐层嫩叶呈新绿，次第毛芽破旧苔。
矫健飞鸿回北域，苏魂蛰曲响东埃。
甘霖泽润生机旺，引蝶招蜂百卉开。

二

洮堤杨柳醉烟霞，绿羽辉昭日月华。
横扫雾霾雷震宇，速融霜雪木生芽。
青山又纳八方客，碧水还淘万里沙。
乍暖春风催谷雨，多情桃李正扬花。

暮春杂感

沉迷故里水云乡，欲借清幽慰老苍。
自古多忧春短暂，于今又虑夏匆忙。
囊贫尚可谋醪醉，命贱还须医病伤。
滚滚红尘无尽事，诗园植菊韵留香。

羊永镇（二首）

一

青山镶玉现妖娆，省道穿村架富桥。
洋曲民歌飘远近，新楼古宅比低高。
红泥育出千金果，绿柳招来百货饶。
政策归心农副旺，脱贫步履健而娇。

二

远避城嚣梦渐圆，江淮习俗至今传。
田间麦涌千重浪，寨后楼遮十里川。
犬叫莺啼声妙妙，人来车往影绵绵。
孩童追玩广场阔，农妇浣衣溪水潺。

登尕湾梁观景台

尕湾梁上筑高台，彩幕画屏三面开。
万叠梯田痴对影，千重云雾巧纡回。
春来阡陌人熙攘，夏到峰峦绣作堆。
跃步飞身仙界外，怡神悦目净尘埃。

喜看农村新气象

惠农政策进村来，精准扶贫快马催。
老有薪金随月领，病无后顾及时赔。
千条项目称心选，几垄田园任意栽。
亩税免除粮倒补，乡民跃上小康台。

与精准扶贫户老人闲谈有感

喜雨滋田润僻村，乡翁执手话深恩。
情牵困户常周济，策惠贫家屡送温。
四季衣衫无破旧，三餐饭菜有荤飧。
寻思百岁何其短，应助后生开福门。

已亥年生日自题（二首）

一

六二残年自咎由，无缘富贵欠筹谋。
人间道路随心走，书里乾坤着意求。
莫问韶光垂晚暮，且搔白发度春秋。
闲吟笑对苍颜老，有暇登山放远眸。

二

且将岁月付沧桑，不计曾经炎与凉。
近日身心常觉困，当年棱角已磨光。
餐能吃饱意犹足，衣可防寒梦亦香。
乐享天伦迎雪雨，歪诗半首送斜阳。

题洮滨镇（三首）

新　堡

身居福地似桃源，阡陌纵横锦绣川。
洮水钟灵滋沃野，石山峻秀住神仙。
一条碧带环新堡，万朵红霞映古船。
六月良辰人集会，花儿秦剧唱丰年。

题总寨西番沟石谷台

灌木苍松搭绿亭，危崖耸峙挂云旌。
仰头不见雄鹰过，俯首偏闻溪水鸣。
明月千秋台上炫，巉岩两丈石中英。
诗文只署无名氏，有待今人细考评。

小　满

时逢小满沐炎阳，雷雨渐频已正常。
万缕日曛山静谧，千声蛙鼓夜悠扬。
菜花绽蕾黄蜂舞，禾稼舒枝翠鸟翔。
夏月乡村闲暇少，追肥锄草举家忙。

夏日晨洮堤慢步

先将愁绪寄晨光，漫步洮堤享爽凉。
日照波涛增潋滟，风吹花草散馨香。
天晴正好观峰岭，雨霁且宜赏柳杨。
此刻神迷无挂碍，清流白发共徜徉。

郊　游

高原五月艳芳菲，周末郊游沐夏晖。
悦目禾田绒毯绿，怡心野卉笑颜绯。
熏风拂面忧伤减，花草迷人雅兴围。
山雨欲来云聚集，意犹未尽不言归。

相聚农家乐

洮地飞花五月香，男朋女友聚农庄。
山泉煮茗茶浆酽，院落谝传故事长。
不说须眉斟美酒，且看巾帼展春装。
欣听百鸟枝头闹，醉绿迷红送夕阳。

“六一”节忆童年

犹记童谣最好听，无眠寂夜耳边生。
抓鱼涉水爹娘急，摸雀攀枝爷奶惊。
任性胡来常惹事，顽皮捣蛋屡横行。
依稀又见儿时伴，拉手搭肩呼乳名。

端午情思（二首）

一

溪水潺潺隐树丫，砖墙土舍是吾家。
廊栽盆景绽娇蕊，院植垂杨映彩霞。
收拾熏风平意气，且将秃笔写桑麻。
归来故里重怀旧，老屋门前看菜花。

二

艾叶采来喷鼻香，檐前插柳掩门堂。
房中不见双亲影，炕上平添几许凉。
茂树相栖云外鸟，甜醅醺醉返家郎。
欢声笑语成追忆，米粽从今和泪尝。

夏日过黄涧子

一步奇观一步天，风光旖旎景妍然。
停车近见花间蝶，抚柳遥闻石上泉。
晓雾缠绵幽谷险，晴云缱绻翠峰坚。
漫游世外神仙境，净化心灵濯俗缘。

鹧鸪天·闹元宵

狮子龙灯点彩头，船姑小曲唱悠悠。红灯皓月辉天宇，火树银花耀雪丘。

承传统，赶潮流，欢歌劲舞笑声稠。元宵雨水逢同日，喜庆祥和夜不休。

锦缠道·春意

昨夜惊雷，赠与九州春讯。草惺忪，破寒新嫩。柳芽桃蕾蜂初吻。紫燕呢喃，唱和黄莺韵。

看雏凫弄波，暖寒休问。奋长鞭，土苏犁进。播希望、描画丹青。让万红千紫，尽染春双鬓。

采桑子·春分

山间好雨知时节，又是春分。当要分春，一夜惊雷万物新。

牛耕机播人声沸，阡陌欢欣。忙碌农人，汗水蒸腾五彩云。

解佩令·忆老友相会

洮南佳苑，相逢老友。话人生、谈叙感受。似水流年，转瞬逝、谁能留守。笑而今、苍颜老叟。

欣瞻夕照，披霞对坐，诉衷情、童心依旧。往事如烟，岁月去、风吹面皱。聚同窗、共斟诗酒。

雨中花慢·看“中师班师生分别留念”旧照有感

木耳桥头，红专旧址，欣铸绮梦华鬘。集风华儿女，诚挚青年。只可惜、匆匆两载，瞬间别、散如烟。待童心再拾，白发盈头，空惹情牵。

初怀壮志揽月，正书山探险，知海冲澜。岂频换教师，修业维艰。幸皆有、埋头苦学，凭坚强、发奋攻关。现重瞻旧照，万分亲切，感慨无边。

金缕曲·忆母校临潭一中

留影常浮现。卌三年，松苍柳老，倍生留恋。惟有西门泉依旧，眨闪天真眉眼。恍似我、当年同伴。最忆高中求学日，学工农、养兔栽葱蒜。常渴望，课堂返。

纷飞雏燕风中倦。问征程、行囊负重，路遥夙远。花样人生皆如梦，改革迎来巨变。耸楼宇、风光无限。笑语书声桃李艳，屡创优、成绩冠州县。填拙句，衷心赞。

祝英台近·春晨望雨

夜行云，晨播撒，淋沥弄檐瓦。入眼迷蒙，况味别秋夏。寄情四月风光，消冰融雪，洗涤净、余灰沉渣。

望原野，润罢垂柳青黄，随风入轩榭。遥想田畴，雨露促禾稼。暮春频带甘霖，泽滋万物，奉真爱、百花牵挂。

八声甘州·春到王旗镇

望洮波碧水绕村环，十里画图看。正清澄若练，和风播绿，煦日消寒。沿岸春光秀丽，勃勃物华鲜。处处禾苗绿，桃杏红妍。

千古边陲重镇，筑铁城锁钥，虎踞龙盘。更齐家文化，中外盛名传。感先民、开疆争土，数千年、一啸起烽烟。看今日、脱贫兴镇，再拓新天。

行香子·礼赞环卫工

马路英雄，忙碌晨昏，阴晴雨雪付艰辛。天天挥洒，日日翻新。换镜中霜，灯中影，画中春。

三更抱月，黎明舞帚，夏雨冬雪洗心魂。一年四季，意朴情真。愿街清净，巷清洁，气清淳。

行香子·细雨迎夏

夜雨淋廊，桃李收芳。杜鹃叫、蝶懒人忙。鹰旋东岭，蛙闹西塘。正赏新景，醉新绿，吻新香。

匆匆春步，漫漫诗行。山溪暖、夜露尤凉。花凋树下，草茂楼旁。恰伤流年，叹流水，怨流光。

一剪梅·夏雨初晴

连日阴霾听雨浓，叶鼓琴弦，水溅帘栊。晶莹一片寄其中，屋内侵寒，窗外鸣虫。

舞柳催花初夏风，一半清凉，一半迷蒙。晨晴旭日映天红，晖煜柔柔，暖意融融。

鹧鸪天·母亲节怀念慈母

芳草青青山水茵，苍松翠柏伴娘亲。魂归梓里寻萱草，梦绕高堂觅故人。

悲透腑，泪沾巾。经年愧疚拂心尘。今逢佳节书思念，每忆慈容欲断魂。

鹧鸪天·夏日黄昏雷雨

霹雳声声震小楼，光鞭灼灼挞无休。天悬黑幕蒙穹宇，地起狂涛漫壑沟。

雷有恨，雨无忧，琼浆玉液洗山丘。洪波猛水冲街巷，落叶泥沙促激流。

鹧鸪天·端午节悼屈原

击水挥舟泪浪翻，普天祭祀楚人咽。青山万古常追忆，骚体千秋永诵传。

江诉恨，水鸣冤，忠君报国惹谗言。新鲜艾叶朝天问，米粽菖蒲悼古贤。

忆秦娥·牧场做客

初夏月，牧场赏景稍停歇。稍停歇，敬呈哈达，意真情切。

糌粑香软羊排热，帐篷待客如逢节。如逢节，一朝欢聚，百年心贴。

鹧鸪天·夏日八角镇

沟壑群芳展画廊，新楼次第映霞光。苍松翠柳随风舞，雏燕雄鹰绕岭翔。

人惬意，雾弥香。禾苗茁壮绿山冈。村姑嘹亮歌喉起，一路花儿唱小康。

风入松·题生态文明村

白墙绿柳掩门堂，满院花香。彩云轻雾弥天际，举目望、蓝紫红黄。更有莺歌燕舞，爽风掀袖撩裳。

文明村镇气轩昂，闹市仙乡。惠农政策添余庆，党扶贫、奔走康庄。树下约邻小酌，主宾共醉斜阳。

溪流

溪流，原名王林平，男，汉族，1977年2月生，甘肃省临潭县新城镇人，现供职于临潭县城关镇，甘肃省诗词学会会员，洮州诗词楹联学会理事。作品散见于《甘肃诗词》《格桑花》等刊物及多种网络媒体。

我的诗词观

我接触诗词最早缘自父亲给我的启蒙教材——孙琴安教授1982年主编出版的《唐人七绝选》一书。父亲是一名林业工人，文化水平不高，最突出的家庭教育和作业就是要我念一念歇后语，背一背古诗词。从刚开始死记硬背，到照猫画虎学写诗词，经过了一个漫长的过程。自加入省、县诗词学会后，开始正式学习格律诗词知识，从读《声律启蒙》《笠翁对韵》开始，逐渐掌握了一些诗词格律的基本要求，体会到了古典诗词韵律的和谐之美与对仗的工整优雅，以及起承转合的一些构思方法。几年来，从无到有，从少到多，收获良多。生活是诗词创作的源泉，“文章合为时而著，歌诗合为事而作”。“诗言志”是我国古典诗词创作的优良传统。我认为作诗最起码要因情感而歌、应时事而作。一方面需要“正”的心态，无论抒发喜怒哀乐、讴歌时代发展，还是针砭时弊，不能“想当然”，要率性而不任性、理智而不狂悖。另一方面更要不断加强个人修养，注重知识和生活阅历的积累，开阔心胸眼界。只有如此，方能创作出格调高雅、艺术上乘，无愧于时代的优秀诗词作品。

盼　春

时临惊蛰雪蒙蒙，寒雁迎风云路穷。
耳畔新雷无讯息，何时春暖赏花红。

己亥与妻书

甘苦同尝十八秋，玫瑰香远爱悠悠。
流年磨砺亲情厚，姊妹轻呼共白头。

无　题

一

善行难为曲肠多，独坐潮头看逝波。
坎坷世间聊作乐，书香清茗自高歌。

二

参差规则度不同，部署权衡望劲风。
关系皆成生产力，是非曲直片言中。

丁酉腊月二十三有感

小年已始享清闲，布美除尘亮宇寰。
喜贴春联慈叟笑，骤鸣爆竹稚儿顽。
九州共奏升平曲，华夏同开幸福颜。
祭祀灶君惟一问，有无悔恨入仙班？

红崖村

洮州城外一丹霞，丽冠瑶台压众葩。
莫问乡村哪里好，红山脚下有咱家。

城关镇一组

教场村

农院花香织锦帘，白墙黛瓦隐雕檐。
画廊漫步人清爽，梦里江淮小曲甜。

倒槽泉

喷珠吐玉百千年，滋养生灵润薄田。
方志野评任议论，望中细水永涓涓。

干戈河

荒芜岁月失湍泷，饮马烹茶史志中。
河谷若闻流水响，还期苍翠映青空。

西凤山

又逢春草露新颜，荒地营林不等闲。
栽柳植松山野绿，定知彩凤有时还。

临潭万人拔河

汉回土藏一绳牵，元夕争春盼瑞年。
万众拔河传正气，耕耘团结谱新篇。

慈云寺（二首）

一

暮鼓晨钟梵乐稠，桑烟缭绕百邪收。
只教香客将愁遣，淡泊凡尘得自由。

二

一方净土绕岚烟，半掩山门向自然。
寡欲清心诚向善，不求悟道亦神仙。

农民文化宫凭吊安世魁

洮州自古厚民风，崇敬英雄化育隆。
泽被边陲家国幸，汉回藏寨祭安公。

双龙铜器公司

洮州铜器美名扬，喜有乡贤敢担当。
助力梓桑齐脱困，千锤百炼铸辉煌。

洮绣传承公司

谁家针线誉高驰，刺绣农庄更及时。
村女但凭飞彩线，炕头产业擎红旗。

蚂蚁电商公司

高原路远电波忙，野菜山珍引客商。
学蚁勤劳人不歇，从无到有创辉煌。

扶贫偶感（二首）

一

风霜雨雪返家迟，阡陌柴门坎坷知。
追梦不谈名与利，情牵乡野写新诗。

二

扶贫故事谱华章，高唱低吟有短长。
语尽词丰情未达，梦中惟盼早安康。

冬至日进村入户

扶贫济困我奔忙，前路安知曲径长。
鸟送斜阳风冷峭，谁家饺子已飘香？

光伏发电站

荒山秃岭青披肩，一片粼波耀半天。
济困扶贫多坎坷，阳光温暖换银钱。

范家咀植树次日小雨（二首）

一

荒坡昨日帜旗红，植杏栽松乐未穷。
腰酸腿困心里热，青山入梦已葱葱。

二

清晨小雨裹岚烟，举首欢欣谢上天。
数万青苗承护佑，人神皆喜绿山川。

庚子年面山绿化有感（二首）

一

满坡笑语绿成行，娇翠新苗四野香。
叟喜童欢旗更艳，青山再造沐朝阳。

二

抖音快手热荒山，绿树红旗衬笑颜。
网友隔屏连点赞，岚烟缥缈醉眸间。

疫情防控杂感

扶贫济困未离乡，又遇瘟神肆虐狂。
堵路封桥求体谅，进村入户守安康。
迎难为有情怀正，涉险何愁贼雾扬。
上下齐心除祸孽，拨云见日嗅花香。

端午翌日攀范家咀阳坡随记

诗朋乘兴觅天衷，山岭岐屹好采风。
绚烂百花香四野，嶙峋怪石傲苍穹。
东西南北俱成景，远近高低各不同。
万象尘寰多俊逸，心存善念美盈瞳。

洮滨记忆一组

资堡村

高山宽厚小村空，崖下洮河永向东。
巷口树荫翁妪聚，土司轶事笑谈中。

新堡村

炊烟恬静美黄昏，图画和谐福满门。
古渡无船桥自卧，青山绿水小康村。

常旗村访友

山塬梨树老枝繁，蝶舞蜂喧菜满园。
麦豆一川香浪滚，沐风品茗少闲言。

羊化桥

洮河飞涌石墩空，羊化名留史志中。
逝水流年封记忆，谁还说道小桥功？

总寨记忆

两排绿柳又丁香，几树娇红是海棠。
小寨烟云涂岁月，铭心往事谊还长。

遗憾西番沟山泉开发未成

西番沟里有山泉，百草滋濡醉上仙。
清冽春秋消躁妄，甘甜冬夏益心田。
离村无愧人情在，尽责多虞梦不全。
勠力攻坚留一憾，细流未变济贫钱。

三岔记忆一组

回忆岳家河割青草

一

三岔蒿莱好喂羊，骡车卅里露冰凉。
晨曦催促飞蝗唱，野火烹茶贴饼香。

二

青草装车腿已僵，喜抓蚂蚱逐山梁。
小蛇突遇人蹉跌，三只虫儿帽中藏。

忆半沟村摘酸瓜

黑松岭下小桥东，刺灌溪边野果丰。
想到酸瓜晶莹透，流涎牙倒口呼风。

直沟村

一沟村寨撒珍珠，两列青山出画图。
我替陶翁空喟叹，不知仙苑到高腴。

斜沟村

曾经山大锁群鸦，斜路伤心困苦家。
道引小康人奋进，最香还是药材花。

高楼子村

洮岷风俗此均匀，别样乡音语率真。
满地黄芪招富贵，当归香引五湖人。

秋至三岔

昏鸦劲舞送飞鸿，秋染山川纸笔穷。
桦树一湾疑发火，松林几片似青绒。
潺潺溪水鱼虾戏，楚楚斜阳小寨红。
孩子不知农事苦，乱抛落叶耍西风。

戊戌青海行

拜谒更登大师

热贡交灵育世英，丹青一轴满堂明。
马良神笔金银蘸，绘就殊祥护太平。

参观黄南热贡艺术博物馆

寻经问道至同仁，热贡多姿艺术纯。
民族风情牵世界，匠心绝妙有遵循。

观瞻唐卡

珠光宝气接玄门，香火清修抚怨魂。
敬畏在心人有度，只求正义满乾坤。

土族风情园偶感

彩虹部落撇穷根，化雨春风感党恩。
互助直奔康阜路，贞勤土族踏昆仑。

传统手工业扶贫车间

一方水土一方人，工匠精神贵认真。
文化扶贫千户好，非遗济困万年春。

青海湖

一望碧波天恋水，海空相拥水依天。
高原辽阔山川小，放眼瑶池我亦仙。

新疆行一组

戊戌初到新疆

妻儿携手客不单，万里行程眼更宽。
风俗人情多相异，入疆方觉路姗姗。

参谒石河子军垦博物馆

猎猎红旗映九隅，天山南北入新途。
戍边屯垦官兵苦，寂寞荒原唱复苏。

到霍尔果斯口岸

域外金雕击长空，华门伟岸展雄风。
驼铃声远时光近，衢肆温馨中国红。

夜宿那拉提

空中花园万众迷，秀山俊树恋丹溪。
牧歌婉转炊烟起，醉卧穹庐那拉提。

访巴音布鲁克大草原天鹅湖

未遇天鹅戏水鸥，开都河畔鹤悠悠。
甘泉曲折流霄汉，世外桃源眼底收。

火焰山

车门未动炙浪来，烈烈荒原熟沉埃。
蛋烤沙窝新鲜事，余香一缕口中煨。

参观坎儿井

火焰山前步履艰，坎儿井里水潺潺。
千年胜迹黎民举，瓜果累累溢赤寰。

江城子·端午洮滨感怀

洮河岸畔好乘凉。菜花黄，牡丹芳。农院休闲，檐下艾飘香。行令不知时日快。凭御笔，纵疏狂。

梦中楚水雾茫茫。断魂藏，汨罗江。未洗沉冤，杯酒奠忠良。一卷《离骚》千古唱。俱往矣！万年殇。

渔家傲·小寒病中吟

明日小寒金城异，身披烟雾朔风刺。行路匆匆飞雪起，楼宇际，街冻车冷人添衣。

疾患思乡勤健体，深冬翘首春天里。坎坷权当茶香至，不服气，新年再写新天地。

南乡子·芒种整治环境

夏日雨还狂，芒种漫漫里外凉。周末不安难报恙，神伤，含怨担当更要强。

天变冷风扬，共品酸甜话短长。也说梓桑皆变样，期望，绿水青山绕小康。

林彩菊

林彩菊，女，80后，甘肃省临潭县石门乡人，汉族，农民，中华诗词学会会员，甘肃省诗词学会会员，洮州诗词楹联学会理事、编辑。有诗、文见诸《甘南日报》《甘肃诗词》等报刊及网络平台。

对诗词的感言

写一首诗，品一阕词，给予我的感觉是一种难以忘怀的体会，一种妙不可言的乐趣，一种意味深长的哲理……

诗词承载了千百年来人们的理想抱负与心中向往。诗词清雅出尘，为后世的情感觅得出处，质朴无华则让人深知世间的至情至真。“死生契阔，与子成说，执子之手，与子偕老。”爱是最质朴无华的纯粹，只需一句誓言，便可相濡以沫共度余生。品读《诗经》，深感先民情感的纯朴，体现了人世间平凡中的赤诚之心。

诗词就是天地间最浪漫激昂的乐章，谱写了盛唐的华丽篇章，也唱出人间灿烂的情怀。“仰天大笑出门去，我辈岂是蓬蒿人。”我好像看到李白从容不羁地笑离长安，同时也感受到他生命的胸怀，笑看人世千百态。“飘飘何所似，天地一沙鸥。”又看到杜甫几经磨难的坎坷流离，同时也感受到他灵魂中的执着坚忍，虽经起伏仍本心不改。“青山澹如此，我心素已闲。”又如看到王维独对青山的淡泊宁静，亦感受到他内心的波澜不惊，安然立世处变不惊。令人钦佩诗人襟怀博大，在纷扰人世的初心不改。

诗词犹如在人内心流淌的一条长河，有波浪天涌的豪迈，也有缓流澄澈的清丽。“人生如梦，一樽还酹江月。”苏轼泛舟赤壁之下，慨叹人世不过一梦而已，潇洒自如，旷达处世。“醉里挑灯看剑，梦回吹角连营。”辛弃疾于白发之时，遥想当年的壮志豪情，壮心不减，豪迈依旧。“莫道不销魂，帘卷西风，人比黄花瘦。”李清照斜倚东篱之旁，相思欲罢不能，情真意切，忧而不伤。淋漓尽致地表达了写诗的人情感真挚而细腻，人生变迁中的旷达与豪迈。

人生如诗，诗如人生，生活以诗歌而观之，便多了几分绚丽，增添了些许淡泊。品诗写词是一种高尚情怀，更是对灵魂的一种追寻，亦是对自我情操的一种升华，诗词让我不断地成熟，已成为我人生的伴侣，彼此相依，彼此相惜，彼此了然。

惊蛰（二首）

一

残冰渐化鸟频鸣，细雨和风百草生。
有序时光惊蛰至，农人运料备春耕。

二

惊雷震动蛰虫行，大地苏醒草木荣。
残雪消融滋沃土，一犁一耙总牵情。

小　满

布谷声中夏日长，骄阳甘雨顾村庄。
欣逢玉露润青杏，风拂禾苗透暗香。

小　暑

杏子初黄雨若丝，年年入伏恰当时。
青山穷处尽浓绿，蛙闹池塘荷赋诗。

立　秋

酷暑渐消天转凉，落花黄叶满池塘。
风吹谷穗叠金浪，农户挥镰收割忙。

立　冬

西风瑟瑟烈而狂，琼蕊飘飘送吉祥。
秋隐冬来寒已重，枯枝衰叶几层霜。

小雪感怀

扑窗簌簌雪如沙，搅起闲愁乱似麻。
小鸟不知尘世苦，枝头犹唱幸福花。

大雪抒怀

已是严冬送朔风，全无瑞雪漫苍穹。
轻尘肆意迷长路，细柳凝霜隐暮丛。
一缕愁情随夜至，三分难奈落心中。
临窗对月悲天事，玉液何时净碧空。

小　年

锅碗瓢盆洗旧年，灯窗桌椅拭尘烟。
千般雪意酬年味，画里梅蕾欲吐妍。

春

点点鹅黄柳袖扬，如油丝雨任情长。
绕梁燕子呢喃语，无限风光入画香。

夏

翠微氤氲蝶翩翩，秀色叠加燕语传。
难觅丽词描此景，天成画卷注新篇。

秋

园中芳卉去犹留，篱菊飘香韵味稠。
游子登高归路远，吟诗赋曲咏金秋。

冬

琼英晶莹破云来，许予冰心花树开。
有志胭脂风释意，银妆玉魄点香腮。

农　妇

汗珠粒粒滚骄阳，举目难寻树荫凉。
采把青蒿遮皓首，今朝做个草头王。

山　村

秀水碧山无点尘，花香沃野草如茵。
小村初醒晨光里，几只闲莺不理人。

大河桥村

因迁居此种桑麻，鸟语声中绝世哗。
意欲山林效陶令，桃源今亦属官家。

莲花山

莲花九朵竞相开，怪石嶙峋长绿苔。
游客花儿音未绝，漫山故事伴风来。

新城卫城金殿

斜阳映照鞑王宫，石础斑斑鉴史功。
休说繁华成旧梦，今人犹记古雄风。

朵山玉笋

千年玉笋望游仙，意欲踏云翔九天。
脚力纵然难到处，也能昂首碧峰巅。

秋日晨登东明山

闲踏云梯上顶峰，悬崖挂殿雾岚浓。
凡身好似居仙界，几缕诗情顿入胸。

赤壁幽谷

苍松翠柏百花妍，古洞岩崖别有天。
候鸟栖禽幽静美，山泉万里梦仙缘。

金秋石门峡

群峰披上赤黄装，菊蕊凌风送暗香。
水荡涟漪齐拍岸，轻舟惊起鹭鸥翔。

小　村

山中树木自清华，绿草如茵遍野花。
碧水潺涓桥下过，鸡鸣唤出老农家。

长川金谷丰种植基地

枝叶婆娑绿映红，金黄姹紫挂玲珑。
惠农产业乡村里，致富增收又一功。

庙花山新村

粉墙黛瓦水为邻，花海青杨鸟作亲。
昔日茅庭今不在，高楼出入种田人。

池沟村

琼楼林立霞辉映，幽谷新村紫气萦。
篱角牵牛香袅袅，溪边蝴蝶舞轻轻。

暗门沟原始森林

峻峰高峡赫曦藏，树密林深涧水长。
鸟竞高枝花斗艳，草莓染得遍身香。

梅

独秀琼枝挂素绒，冰心玉貌显玲珑。
遗香酿韵冰霜外，铮骨凌寒傲朔风。

兰

冷艳幽香独自芳，娇姿倩影舞霓裳。
诗轩画府吟新调，淡墨浓颜著锦章。

竹

虚怀有节绿千川，咬定青山意志坚。
不羡牡丹开富贵，纤纤一笔写蓝天。

松

何惧霜刀向昊穹，古姿雄劲笑临风。
稠枝不与春争艳，誓守千年一梦中。

莲

披霞挹翠浅塘栽，菡萏新羞带露开。
不问花香飘远处，仍将禅意对诗台。

鹿角菜

淡处深山年复年，形如鹿角四时鲜。
有情采撷归家去，焯水凉拌入绮筵。

咏蒲公英

陌上坡头吐嫩芽，阳光雨露沐英华。
谁知药典录其性，疗饥去痾益万家。

菊　花

赋律文朋共举觞，怡情抒趣著华章。
东篱悠逸效陶令，野菊移来酿酒香。

难　寐

夜暮寒风扰案台，诗心涌动溢香来。
铺笺欲写东坡引，雅梦今宵别样开。

贺洮州诗词成立

广集英贤结赋缘，洮州才俊效唐前。
诗芽一树扶摇起，词韵飘香满碧天。

题玉芳剪纸兰花图

淡雅超凡脱俗埃，不追桃李竞先开。
风姿绰约花君子，馥郁芬芳蝶自来。

题玉芳剪纸美人图

玉指纤纤金剪飞，千娇百媚顿生辉。
惊看刀起锋回处，绰约佳人笑靥归。

理　发

发如蓬蒿乱满头，剃刀电剪改烦忧。
清除面垢见骄子，靓丽容颜第一流。

元旦登高有感

清溪跃涧唤穹天，树影萧条弄管弦。
日照浮云疑似雪，青山未老跨新年。

锄禾晚归即景

攀峦拾径过溪泉，叠翠摇红别样天。
锄草晚归行野陌，一弯新月柳梢悬。

冬日遇友

已是冬寒百卉残，冰封流水雪漫峦。
红炉醅酒邀君饮，对句吟梅笑语欢。

元旦感怀

指间流沙日月梭，时临新岁感怀多。
窗前梅树花香溢，鬓角风霜雪暗挪。

留守妇女

雁过南山夏夜幽，牵情忍泪枕边愁。
当家肩挑风和露，旧宅孤灯映白头。

乡　间

春晖洒处柳丝青，翠竹还摇夜雨铃。
寻往鹧鸪声里住，乡村小调惹人听。

雪

清姿素韵御风来，六角翩翩着意开。
更喜冰花身皎洁，除污荡垢展奇才。

敏彦萍

敏彦萍，女，回族，1974年10月生，甘肃省临潭县卓洛乡人，现供职于碌曲县党史县志办，甘肃省诗词学会、甘南藏族自治州作家协会、洮州诗词楹联学会会员，碌曲作协副主席。作品散见于《甘肃诗词》《甘南日报》等报刊，并入选多种诗歌散文集。曾获甘南藏族自治州第四届格桑花文学奖优秀奖。编辑出版《碌曲县志（1996—2010）》《中国共产党碌曲简史》等书籍。

常以诗韵润心田

接触古诗词是在我很小的时候。那时候，母亲时常把我搂在怀里，她一句，我一句，像念儿歌那样教我背古诗。我记得背会的第一首诗叫《悯农》:“锄禾日当午，汗滴禾下土。谁知盘中餐，粒粒皆辛苦。”这首诗让我懂得了劳动的艰辛和食物的来之不易。后来，通过母亲的口口相传，我背会了白居易的《赋得古原草送别》和王之涣的《登鹳雀楼》……从“野火烧不尽，春风吹又生”里我了解到原来不起眼的小草竟有如此顽强的生命力和坚韧不屈的精神；从“欲穷千里目，更上一层楼”里明白了要想取得更大的成就，就要付出更多的努力这个基本道理。上学后，我学会了更多的古诗词，对古诗词有了进一步的了解，也深深地喜爱上了这种语言凝练，寓意深刻，对仗工整，读起来朗朗上口的文字形式。工作后，拿到第一个月工资，我记得买的第一本书叫《唐诗宋词赏析》。这本书不仅让我认识了历代诗词名家，学到了许多诗词警句名言，也让我学到了鉴赏诗词的方法，还有对待生活、看待人生的至理。

真正学习写作诗词是2010年以后。也曾有零散的诗作发表在《甘南日报》《日喀则报》《甘肃党校报》《甘肃广播电视报》等报刊上。也正是因为这些小诗作，让我有幸认识了张俊立老师，并通过他认识了马锋刚、文莱、石文才、胡憬新、林彩菊、丁海龙等和我一样爱好古典诗词的前辈与新秀。此刻的我仿佛一个孤独的旅者回到了家，见到了亲人，心灵一下就有了归宿感。

虽说我喜欢诗词已久，但实际上依然是个“门外汉”，自己虽然也钻研这方面的知识，但也仅仅是停留在对一些名句的阅读和浅解罢了，并没有接受专业的诗词知识教育，进入“甘南吟”这个大家庭中后，群里诗文渊博的前辈们时刻为我们解疑释惑，使我们获益颇多。自此，我才真正系统学习到了“格律诗”写作的方法和技巧，原来以前我写的那些诗词，都是不太符合平仄韵律要求的，更别说粘、替、对了。写作格律诗，其篇式、句式结构严谨，字数、行数、平仄或轻重音、用韵都有一定的限制。在一边学习积累，一边写作应用中，我逐渐明白了格律诗的基本特点是用韵、平仄、对仗，还有对、粘、拗救和避免孤平、三平调，律诗对偶句的几个特点以及先景后情、先情后景、情景交融等写作手法。明白了起承转合是整首诗的重要环节，明白了“起”，乃是诗的开头；“承”，接着开头的意思加以扩展；“转”，是转折，开拓新意；“合”，是结束全篇。

诗词是我国传统文化艺术中的瑰宝，我喜欢它的博大精深，灿若繁星。只要我们长期坚持，并不懈努力，相信诗词写作水平一定会迈上一个新的台阶。

临潭二题之二（新韵）

新村酬我好风光，一路行观美画廊。
户户厅堂精设计，家家厨卫巧安装。
名车少壮忙生意，健步银髯送学郎。
政策惠民勤致富，扬帆逐梦乘风航。

冶力关睡美人峰（新韵）

霞帔云裳意态幽，仙姿昳貌醉人眸。
将军奉旨出征后，痴等回归化岭丘。

回乡偶书

早岁离乡正换牙，归来已是鬓添华。
曾居老屋难分辨，对应新门第几家？

洮州刺绣

飞丝舞线绣檀英，素绢开花誉美名。
小鸟随针生栩栩，露珠缘手润盈盈。
女儿颔首西窗下，心事难猜诉紫绷。
鸳枕凤衾融我意，此中真味待君明。

故乡卓洛

洮州北望有平川，碧野金畴起伏连。
故土人文终难忘，家山风物总情牵。
行车频叹村容改，驻足惊嗟岁月迁。
自我童年离去后，乡心梦里几萦旋。

忆敏家咀姥姥每年晒麦索远寄外地儿孙

青稞灌饱浆，姥姥地头忙。
采撷离离穗，蒸腾缕缕香。
箕中珠玉润，磨隙绿丝长。
馐味分包寄，亲情最暖肠。

题李玉芳剪纸（二首）

一

修竹骨清奇，幽兰淡雅姿。
慧心裁日月，灵剪蕴才思。

二

剪画逼真叹久违，童年情景见依稀。
迎风摆荡秋千索，月下翩翩似鸟飞。

临潭八角牡丹园

瑶池仙子下凡尘，八角迎来一派春。
赢得洛阳名贵品，观光销售惠乡民。

临潭县范家咀文化广场二题（新韵）

一

提壶爱聚小凉亭，也话家常也品茗。
村叟围桌闲对弈，童车来去似飞翎。

二

村美游人醉，花香引蝶临。
亭前斜小径，槛外逗飞禽。

行中口占（新韵）

出门有幸放晴光，快客舒乘紧靠窗。
一路行观多美景，醉心十万菜花黄。

旧照感题

两辫粗长唤作梅，梨窝浅浅细身材。
童真远去光阴逝，犹记当年小女孩。

三角城遗址怀古二题

一

风雨百年三角城，残垣断壁记峥嵘。
金戈铁马烟尘远，每品前诗涌壮情。

二

城垣隐现易春秋，草木荣枯诉沉浮。
陌上流连寻旧迹，墙边止步遇残瓯。
他年烽燧今犹在，往日繁华逐水流。
莫道辉煌成过去，脱贫圆梦立潮头。

春节探亲伤母逝

年假欣偷两日闲，情牵也作故乡还。
东门久闭尘灰厚，老锁难开锈迹斑。
断火炉前壶水冷，无温炕上被衾寒。
回家环顾娘何在？睹物思人泪洗颜。

术布行吟

洮源别后又相逢，术布川前卧玉龙。
八鹿沟中听鸟唱，桃花岛上问仙踪。
清溪奏韵惊花雨，飞瀑弹琴和寺钟。
因爱斯乡多美景，诗情跃跃动于胸。

响水泉[①]

谁留响水在人间，养育苍生数百年。
洞口氤氲凝冷雾，池中清冽泛微澜。
泉流汩汩滋花木，垄麦离离隐陌阡。
一脉透山雷贯耳，声波日夜似鸣弦。

鹧鸪天·忆童年省亲舅家与兄弟姐妹捉迷藏被戏称为白土娘娘[②]

忆取童年神采扬，省亲随母去山乡。
家中姐妹开心聚，游戏相邀玩乐忙。
钻柜底，匿仓房。村前屋后捉迷藏。
新衣俏脸沾尘污，谑我浑如白土娘。

---

① 响水泉，在临潭县羊永镇太平村。
② 白土娘娘，临潭羊永镇白土村庙里供奉的神尊。

魏建强

魏建强，男，汉族，1978年生，甘肃省临潭县冶力关人，现供职于临潭县党政机关、甘肃省诗词学会会员，洮州诗词楹联学会会员。自2017年始，闲暇之余初尝格律诗创作，以五言绝句、律诗为主，多描写洮州风物，部分习作曾被《甘肃诗词》《甘南日报》刊载，多数习作均被洮州诗词楹联学会“洮州诗词”微信公众号采用。

生活需要诗词添彩

在诗词的国度里，每个人都不免会受到或多或少的熏陶，或许在成长的路上，这种潜移默化的熏陶，会是点缀你人生经历的一抹绚丽，犹如案头的兰草、园中的黄梅、溪畔的梨花、甘南的格桑一样，朴素，古老，散发着淡淡的清香。

站在雄浑悠久的中华传统文化长河的堤岸，我只是一个拾荒者。而旧体诗，就是我捡拾到的，非常好听非常好看的，且能在吟诵中神交古人，神游万里，心神俱怡的一块奇石。

对旧体诗的认知过程，可以引用一首我记忆中最早接触的诗作来说明，即唐代诗人王维的《画》:“远看山有色，近听水无声。春去花还在，人来鸟不惊。”这个认知过程，可以说经历了三层境界。

第一层，远看山有色。对旧体诗的最初感觉，就是非常简练、传神到位。特别是最常见的绝句和律诗，少则二十个字，多则五十六个字，就能把四时风物、历史场景、空间转移、情绪表达描写得十分精准到位，让人觉得字字珠玑，多一字嫌肥，少一字嫌瘦。遂感叹于古人竟能写出如此多的脍炙人口的千古名篇。对于旧体诗的崇敬、膜拜之情，就自然生发出来，犹如面对一座奇山峻峰，赞叹之余，彼时只能说:太美了!

第二层，近听水无声。只能说句“太美了”，似不能满足我这个半瓶水的文艺青年对旧体诗的好奇心和探究欲，于是，盲人骑瞎马似的独自揣着一颗勇敢的心，踏上了一条自以为是的歧路。也于是，就产生了几首惨不忍睹的自我感觉良好的“诗作”。回头看来，那些“诗作”纯粹就是在无任何旧体诗格律知识，不知韵部为何物，不懂平仄为哪般的情况下的乱涂乱写，自以为每句末尾字眼的韵味差不多即可，殊不知旧体诗的创作有诸般要求和硬杠杠，后经他人指出，便觉真是高深莫测，大有近于山而不见色，近于水而不闻声的感觉，遂气泄，遂畏惧，遂羞愧，遂远观而不敢亵玩。

第三层，春去花还在，人来鸟不惊。丁酉年春月，受洮州诗词界高人指点，才稍通旧体诗格律，于是初试几首，竟能合律，亦有意境，颇感自慰，本着字少易控且能偷懒的考虑，遂以五绝、五律为主，零星创作了一些诗作。特别是加入洮州诗词楹联学会以来，与诸君相互交流，助我提升不少。自此四年认知，自感虽春去春来，物华变迁，但洮州大地上的诗词楹联苑中，春色依旧灿烂，人鸟已然相识，洮州诗词明媚的春天正当其时。

吾不能画，惟以铅墨，描画净美河山。

吾不能歌，惟以小诗，讴歌洮水新声。

庙沟遇雨

开轩听细雨，犹带杏花香。
水瘦山溪冷，街灯映草塘。

旧城四月

半城烟著雨，几巷杏花开。
早市西门外，淮音楚貌来。

八角印象

天池流碧水，十里浣花溪。
粉黛新村隐，烟斜带雨低。

春分日有感

洮水风吹绿，寒山雪未融。
半轮西岭月，四海此时同。

下乡途见野桃花

夜雨伴春眠，南坡北岭边。
一朝风拂醒，玉粉醉寒烟。

立夏遇雪

昨日桃花谢，今朝雨雪浓。
阴晴如少女，立夏复初冬。

夜宿鹿儿沟

夜宿秋山静，天凉数点星。
谁弹流水曲，月下独泠泠。

旧城见月

踽踽躬行久，昏昏已半游。
芳华谁钓走，西风一寒钩。

莲峰耸秀

洮水出芙蓉，凌霄玉瓣峰。
三仙遗古韵，万载再无踪。

十里睡佛（二首）

一

人间多苦厄，我佛此修禅。
四谛终参透，长眠伴石莲。

二

灭叛将军至，频频战北南。
残躯惊狄马，不敢入临潭。

冶峡画廊

峡谷风光好，飞临我即仙。
钟情松石水，放浪五溪边。

洮水流珠（二首）

一

塞上朔风寒，长河吐玉丹。
冰晶凝月魄，切切向苍澜。

二

残雪浸枯蒲，河澄少碧鲈。
谁言洮水瘦，腹内悉珍珠。

玉兔临凡

春曦游海眼，玉露忆蟾宫。
傍地三千载，最美是空蒙。

古战怀古（二首）

一

青海暗云堆，洮西整甲盔。
牛头城下草，岁岁绿谁催？

二

青山隐断垣，古垒控西番。
夜夜洮河响，犹闻吐谷浑。

中伏登东明山

东明有翠荫，无事独登临。
四野云奔走，禅铃叩俗心。

侯家寺

老寺高台踞，金甍隐翠松。
禅音随雨润，放眼一川秾。

石门金锁

已无金锁在，唯见水空蒙。
碧水难留住，莫是锁龙宫？

土门堡

土门烟散尽，烽火映寒刀。
不见东来客，尘封大路壕。

羊羔儿葱

北岭横残雪，南园甚寂寥。
今朝掀破土，垄上立金苗。

大岭山

巍峨大岭山，倚挂水云间。
绝巘悲飞鸟，高标蔽日鬟。
晴初松色秀，霜旦冷溪潺。
古月相邀晚，听涛物我闲。

洮州四月

洮州才染绿，四月又还寒。
八角花摧落，长川雪尚残。
午间云暖树，向晚雨冰阑。
别地春将去，徒添一两叹。

东明山

东明山色秀，草木几春秋。
水润千家姓，钟传百户楼。
魁星人举踵，书院客常留。
忽闻花儿令，寻声自妪喉。

洮州五月

故国北遥望，洮州气万方。
寒烟生楚韵，暮雨湿淮妆。
绿野藏风物，红旗指远航。
儿郎多壮志，续写大文章。

冶海天池

玉镜谁遗落，天池岁几秋？
青山藏秘境，紫霭掩霓帱。
曙雀披霞去，圆蟾点水浮。
冰图凝万象，熠熠耀洮州。

朵山玉笋

霞光斗紫烟，玉笋镇群巅。
挑落重霄月，犁开混沌天。
闲观云际会，静悟已垂边。
苦雨凄风里，何年待佛缘。

卫城金殿

先民筑卫城，戍守亦农耕。
战鼓才平息，门街已早营。
烟墩常照晚，金殿有飞甍。
过客秋风散，衡阳雁几声？

旧　城

城旧几残垣，边烽四五墩。
千年茶马驿，万户读耕村。
西风乱云痕，东明睨日昏。
元宵绳似燕，浪涌滞西门。

赤壁幽谷

赤壁隐千年，风刀雨镞镌。
宝瓶缘孰至，圣旨是谁宣？
伏蟒痕犹在，降妖口尚传。
屏风遮不住，静待大诗篇。

忆王旗

我忆王旗好，长风带海潮。
梨花滋喜雨，玉柳弄苍礁。
浪溅天门月，云蒸宝坻窑。
平湖镶九甸，碧水隐渔樵。

羊永随感

北山云气湿，策马向南行。
白土埋忠骨，青岗隐帐营。
路通连九寨，郭厚掩三城。
不见孙家磨，晨昏镇太平。

洮滨感想

洮水润洮滨，洮滨日日新。
虹桥通两岸，坦道废三津。
地沃丰年永，人勤礼俗淳。
青山遮不住，此地最长春。

常旗村

烟村台上坐，篱落百余家。
举目苍山耸，回头白日斜。
层田生麦菽，郭庙话桑麻。
截断东流水，光明送四遐。

己亥腊月廿四日踏雪尕湾梁观景台

是日，雪霁日白，途经尕湾梁，雨力邀与其赏雪摄景。

遂上，人迹未至，鸟声亦绝，甚为静寂。雪上鸿爪数串，岗上枯草簌簌，凭轩临风，极目四望，皆茫茫然。天与云与山，分辨不甚清楚，依稀见村落几处，炊烟几缕。层田因雪黑白分明，如浪涌，如蹙眉，如一脸黑线……雨言美景，忍冻摄之，余亦记之：

踏雪尕湾梁，山川瘦且苍。
层田凝素浪，古道起骚肠。
吠隐烟墟里，鸿飞落日旁。
一痕千嶂远，大美我洮疆。

夜走石门

日暮循东去，星残越黑山。
灯村遥可见，弦月藐尘寰。
路绕峰迂转，浮生几苦艰。
晨观行夜处，五岭掩群弯。

金城四月

金城绿意浓，翠染北南峰。
弱柳描蝉鬓，群芳竞婉容。
黄河流塔影，古鼎润泉松。
坐看花红处，雄关锁走龙。

金城黄河古渡

古渡大河边，清湍影晚天。
临潭伤病柳，伫岸忆商船。
漠北胡姬酒，江南五十弦。
金城多少事，一叹已千年。

八角花谷

冶海清波涨翠堤，春风十里染山溪。
星罗老寨炊烟起，杏李桃花布谷啼。

清明过羊沙

清明时节雨含愁，取道羊沙赴首丘。
长岭暗云冰暗在，暗门关里暗香浮。

羊　沙

大岭长坡坐北南，桃花溪水送临潭。
林泉草甸连秋稼，此地风光是最谙。

洮滨五月

五月洮滨风景好，青山描翠水妖娆。
青砖绿影江淮貌，十二新村涌海潮。

己亥秋日过石门口

石门金锁傍村台，日夜洮河不尽来。
绿树青山烟著雨，平湖秋月几徘徊。

常喇嘛川

何处喇嘛弘法地，谁朝屯守且耕耘。
黑沙远眺迭山雪，万亩梯田染素云。

过店子思先儒范公

开庠训谕惟绳武，化雨春风大道遗。
座下门生多俊秀，洮州千古有阿谁。

王清洞思吕公

别样洞天清静地，山风明月伴霜崖。
吟歌缕缕排云上，化作珠玑隐逸辞。

池沟新村

初心亭下忆初心，巨细民情有复音。
水染村庄山色秀，党旗红艳在深荫。

庙花山新村

天池明镜照崆峒，水绕花庐引惠风。
户户敞迎千里客，绿荫深处党旗红。

感怀红四方面军长征过临潭

羊化木桥秋瑟瑟，红军星夜过洮河。
西行北上航标定，自此同操斩寇戈。

李凌

李凌，生于1960年，男，汉族，临潭县新城镇端阳沟村人，供职于洮河林业局和甘肃省人民检察院林区分院，现已退休。平生喜好诗词歌赋，在上世纪80年代就参加故乡乡贤成立的“东陇诗社”。现为甘肃省诗词学会、洮州诗词楹联学会会员。作品散见于省内文学期刊和洮州诗词公众号等各种网络媒体。读诗、品诗、写诗已成为精神生活的慰藉。

心声久蓄酿成诗

我大概从二十岁开始摸索着写自认为是诗的文字。开始时痴迷艾青、徐志摩、胡也频、贺敬之、郭小川、芦芒等老一辈诗人的激情和理想，后又沉醉于海子、北岛、舒婷、杨炼、周涛、食指、西川、昌耀……等诗人的朦胧与迷茫、粗犷与豪放、沉浑与忧伤。在上世纪80年代诗歌狂飙突进的年代，身陷此中不能自拔。曾多年订阅《诗刊》《星星》等诗歌专刊，并疯狂收集各类名家诗集，总觉得这些分行抒写的文字里蕴含着使人入魔的诱惑和营养精神的食粮。久而久之，也尝试下笔抒发自己的情思，表达对周围事物的感想，思考理性与激情的碰撞，在现实与理想之间徘徊怅惘。曾经以诗笔记的形式记录下现在看来略显幼稚的冲动和浮浅夸张的思想。随着商品经济的大潮漫灌，诗歌被迅速地边缘化了，诗意的表达陷入文字的堆砌和意象的迷乱，一时间怪诞不经、生搬硬造、牵强附会的诗风流派层出不穷，我对此也失去了方向感。好在随着经济的繁荣，传统文化逐渐兴盛，各类诗词典籍大量出版，古典诗词得到广泛传播和弘扬。唐诗宋词中的凝练沉郁、温婉隐约无不使人沉浸其中，并随之赋笔成韵、依律协章。所以我也就将读诗、学读、写诗的兴趣转移到近体诗上来了。在移动互联网的加持下，资讯的传播方式有了革命性的跃进，也给近体诗的创作和传播带来极大的便利，各种诗词网站和公众号大量上线，为近体诗的创作提供了良好的平台。各地的诗词社团如雨后春笋蓬勃而出，诗人和诗作大量涌现。我就是在这样的背景下成了以近体诗为主要表达方式的诗词创作者。

我以为诗是人类基因里与生俱来的对优雅和美好最抒情的文字表达。纵观诗歌的长河，从“关关雎鸠，在河之洲”到“路漫漫其修远兮，吾将上下而求索”，从“大风起兮云飞扬，威加海内兮归故乡，安得猛士兮守四方”到“老骥伏枥，志在千里。烈士暮年，壮心不已”，从“采菊东篱下，悠然见南山”到“海客谈瀛洲，烟涛微茫信难求”，从“朱门酒肉臭，路有冻死骨”到“知否、知否，应是绿肥红瘦”。于我而言，每当独自寂静时、夜半反侧际、徜徉山水间、情系家国处都会将内心的感受付诸笔端，在平平仄仄的吟咏里，抒发情思的波澜和对周遭的感慨。诗已成为灵魂的伴侣，融入生命的体验，随感而发、信手拈来，在音韵铿锵的文字碰撞中，吐露心声、寄托情感、向往未来。

临潭一中建校七十周年感怀

倡化育人七十年，情倾故土执教鞭。
凤山结脉涵文斗，桃李成蹊拨雅弦。
俊彦风华添美誉，杏坛润墨赋佳篇。
园丁培养参天树，桑梓书香赖续传。

家乡风景

新　城

洪武筑城六百年，烟墩至今矗山巅。
东望洮水浪沧去，西接青藏险峻沿。
屋架连栋皇勑赐，人依骁勇史书传。
陇头亘古无虚士，草莽之间有遗贤。

朵山玉笋

朵山昂首青天外，俯察东陇叠嶂淹。
旭日东升云海阔，夕阳落照石峰尖。
苍穹一柱撑将起，大地几维度可添。
曾上绝巅纵目远，扩胸舒肺揽嵫崦。

玉兔拜月

洮州亘古有奇观，玉兔双双拜月坛。
耸耳深蹲形欲扑，伸头顾盼劲犹攒。
先民赋物钟灵秀，造化含情寓喜欢。
可恨孔方持利刃，一伤一毁遗痕瘢。

长柳坡

艰难岁月爬长坡，此地存留感慨多。
昔日如茵芳草甸，而今梦里端阳河。
大扁泉边曾汲水，红土湾子听牧歌。
盘旋小径延伸处，梁顶望中路蹉跎。

洮水流珠

朔风凛冽挟严寒，大雪洮河水裹团。
玉润清凌磨晶粹，珠圆浪滴雕急湍。
神奇独领混沌色，毓秀包藏太极观。
唯见高原穷造化，千升万斛泻银丸。

冶海冰图

冶海深藏裹面纱，严冬凛冽献奇葩。
霜林雾凇涂寒气，雪域荒城写乱鸦。
浪拍层冰堆玉垒，云撩叠嶂散霓霞。
由来料峭风过境，便有錾刀巧刻画。

石门金锁

洮水奔流逼险关，双峰夹峙束潺潺。
船撑隔岸平湖阔，路踺架桥峡谷间。
天堑通途无旧貌，波光胜境有新颜。
唯余金锁雄姿在，守护砚池水泉湾。

大峪沟

绿水青山亿万年，恍若世外绝尘烟。
奇峰三角倚天立，石峡对开飞瀑悬。
葱郁重岗蒸薄雾，欢声藏寨舞翩跹。
诱人胜景招佳客，除却俗累板屋眠。

三角石

林海奇峰剑刺天，洪荒遗迹史忘传。
胸怀利刃除妖孽，志在忠诚勇抵肩。
万顷松涛聆和乐，一腔碧血守前缘。
昂然傲视苍穹久，我辈仰望欣喜连。

光盖山

日耀龙鳞七彩光，嵯峨借势驾云翔。
冬来雪裹寒浸骨，夏去云缭郁满膛。
石垒洪荒攒剑戟，峰峥裂缺摆霓裳。
炼丹劫后炉灰冷，降下凡尘此模样。

扎尕那

天然筑就石堆城，遗世云缭牧野牲。
峰立屏风描险峻，松攒画笔绘峥嵘。
牦牛信蹄漫山走，木屋傍河激瀑声。
脱俗清纯姿绰约，神仙居住作农耕。

忆端阳沟（三首）

一

大石山前是我家，柴门老屋已租赊。
梯田栉比层峦上，曲径攀援豁岘斜。
玩伴龙钟音讯少，亲朋问候语无邪。
扪心合目童年事，泪眼盈盈拨旧痂。

二

坐北朝南落小村，围墙架屋独开门。
前坪老树枝丫密，后岭深沟陡壁浑。
户族连通凭院引，牛羊结队放蹄奔。
鸡鸣犬吠炊烟罩，世代传承继子孙。

三

无端感慨起乡愁，夜雨秋风记忆稠。
兄弟联床听掌故，家门度日系怅惆。
借书苦读三更晚，求学长跑五里畴。
恍惚之间人已老，几多伤逝散心头。

庚子纪事（八首）

一

风云际会验胸藏，四海惊涛凸领航。
疫起春寒牵国运，民维邦本系朝堂。
千军力扫无名病，万众争怀有益膛。
伫立峰头回首处，山河耸峙现辉煌。

二

大国争雄博弈时，扬尘激荡势披靡。
惊风扑面飞沙紧，急雨遮头举伞迟。
局里筹谋腰下剑，格中变化掌心棋。
烽烟久息戈常备，整饬家园夯地基。

三

过尽千帆望眼穿，神州久盼出英贤。
红旗引领康庄道，史册通融智慧泉。
设局筹谋营大势，操盘审慎执先鞭。
棋推绝境逢生处，妙手机缘再造天。

四

寰宇风高涌乱流，纷争迭起挂吴钩。
吹沙作幕真身隐，仗剑扬威假象牛。
脚踏河山依厚土，怀藏利器守金瓯。
躬耕祖业图光大，出海张帆引吭讴。

五

普世同年步小康，民生业绩捉秤量。
丰衣足食超温饱，达理知书识短长。
道路连通村社紧，城乡一体市场忙。
繁荣稳定前途远，百姓归心万事昌。

六

宏图远志在星辰，厚积千年道统臻。
载物齐民生境界，归宗仰圣化痴嗔。
朝暾破曙金光耀，巨制成形笔力钧。
宇内清澄耕乐土，雄心勇进向天巡。

七

“封城”武汉战新冠，举国增援度劫难。
自律规行收戾气，精诚感化伏安澜。
仁心普惠谐温暖，天意深涵敬忌惮。
浴火雷神降病毒，云开雾散艳阳欢。

八

百年变局演正酣，角力推棋虎目眈。
剧入勾心张胆魄，锋争眨眼练儿男。
汪洋暗战潜流涌，话语明枪法术谙。
健步新冠胜利路，征途不歇勇挑担。

读史漫吟（七首）

一

亘古黄河润九州，高天厚土养源头。
神农择草耕耘始，老子叩关紫气留。
血沃中华根脉久，文昌鼎立德馨稠。
胸襟海纳星辰阔，聚力扬帆百舸游。

二

国运沉浮血泪流，宏图壮美秉千秋。
坚船破海群魔舞，利刃突围勇士羞。
战鼓催春强敌灭，红旗映眼主权收。
抬头旭日东方出，崛起神州竞上游。

三

人文毓秀耀中华，璀璨词章烁彩霞。
礼乐昌明修典范，风骚浩阔撰奇葩。
杜陵野老春秋笔，太白谪仙金石琶。
逸韵缘何垂眷顾，天心民意爱此家。

四

民风淳朴祀先贤，老幼排序自井然。
报国精魂融体魄，持家信义守缘渊。
图强进取行正道，积善修身种福田。
沐浴和平沾雨露，齐心健步肩并肩。

五

辉煌典籍耸巍峨，字句蕴涵耐琢磨。
鼎铭深藏文运久，爻辞预判事项拨。
求真化境探微妙，务实殊途去诈讹。
礼乐传承才代积，明珠散简贯长河。

六

五岳三山立海东，江河浩渺入云中。
农耕沃野麻桑足，渔猎湖滨滋味丰。
厚土深蕴含宝藏，层林尽染映晴空。
云蒸旭日宏图壮，澎湃豪情已满胸。

七

灯前久坐独凝神，史册漫卷笔墨真。
盘古开天朗日月，伏羲演易理星辰。
百家诸子争鸣罢，一统儒教道义伸。
眼底千秋功业在，休言往事幻若尘。

拟寄远（四首）

一

胸襟总拟向天边，美景招人勇往前。
未竟蓬莱仙乐奏，缘由彼岸圣贤诠。
行囊背负修宏愿，步履探求种福田。
踏遍苍茫寻觉悟，云深野径引流泉。

二

鸿书素问可安怡，字里情怀读罢知。
久酿春秋斟好酒，常修笔墨撰佳辞。
梅兰共品清香韵，鹤鹭齐栖漾溢池。
寄语殷勤多自爱，嘘寒远念夜生髭。

三

别后沉浮岁月知，流年细品酿珍奇。
屐痕印处山增色，橹影飘然水解颐。
未枕黄粱人已老，才添白发病由医。
红颜褪尽山河改，面目唯存最可怡。

四

已把轻狂付逝波，纵横走罢说来过。
浮云变幻尘埃静，利害纠缠妄想多。
拣尽寒枝终不弃，融通市井好收罗。
蓑衣斗笠芒鞋破，返璞归真筑草窠。

在路上（六首）

一

着眼前方步在途，怀藏执念踏崎岖。
躬身甩手晨昏越，讷语笃行志向趋。
解释生涯寻意义，探求未竟化氓愚。
栏杆拍遍回声响，得道修心养骏驹。

二

勘罢归途失误多，空怀妄想梦南柯。
新苗出梢遭风折，老脸经霜耐雪磨。
俗世炎凉唯自省，人情交往费揉搓。
低头袖手攒眉处，别样挠心搅小涡。

三

踏遍苍山步履艰，风吹雨涤挺身攀。
峰回莽荡云初歇，雾扫参差鸟已闲。
打马轻蹄驰快意，扬眉角力逐循环。
归来检点无收获，记取辛酸未敢删。

四

素面苍头唯本色，经年积习料难磨。
衷情自慕春花艳，耿骨犹刚老背驼。
岁月飘零飞落叶，红尘鼎沸闹欢歌。
扪心阖目求诸己，夜半敲床睡意苛。

五

旅步艰辛耐蹭磨，跋山涉水历蹉跎。
平畴好景舒心览，险路风光扯脚挪。
富贵皆由身体验，悲欣自在手搓摩。
层峦尽处炊烟起，歇气难眠感悟多。

六

爬坡未见有穷期，力竭心持足下移。
荏苒光阴推老迈，踟蹰脚步踏迷离。
蓬山路转秋风冷，抱柱潮归月信迟。
笑对崇岗凌绝顶，登临远瞰展神怡。

退休吟（十首）

一

甲子逢迎办退休，劳心借口再回头。
躬身案牍青衫薄，踏足闾坊白发稠。
伐木深山抡板斧，鸣钟律法护金瓯。
平生俯仰惟天地，本性归来可放收。

二

四十三年久坐班，翻过起伏万重山。
丛林伐木挥汗雨，桌案搜肠遣字关。
百味权衡调众口，惊堂判断罚愚顽。
离岗退阵回家去，踱步晨昏遛小弯。

三

庚子轮回六十年，此生转瞬罢周旋。
锋芒已褪苍颜老，耿骨犹催步履坚。
去轭轻辕离旧辙，扬鞭放马逐新川。
斜阳落照残霞醉，慰我从头再重燃。

四

白发归来再丈量，围栏久缺数亡羊。
桑榆晚照彤云淡，骏骥扬蹄辙印香。
万象纷争凭捋顺，几家苦乐揣周详。
残薪助火捐余热，久守樊笼欲脱缰。

五

甩手抬头出职场，归零日子再开张。
清空箧底忧烦扰，带走流年庸碌忙。
整顿行囊寻自在，回应本性废轻狂。
还家就位添柴米，五味调和拌夕阳。

六

晨昏案牍损华年，手拙言迟见识偏。
志向青云鹏翼展，情随晓雾鹊声旋。
沉浮体味辛酸泪，苦乐遭逢赶紧鞭。
解脱樊笼舒散淡，怡然养性享缠绵。

七

水到桥头岸等船，行舟罢橹靠归舷。
烟云乱扰风波紧，道路高低险阻悬。
自慰平生多谨慎，融通俗世耐周全。
离肩担子门傍歇，破帽遮颜市井边。

八

苍颜日久耐研磨，往事如烟曲折多。
路出穷乡寻沃野，心怀大道越盘陀。
千峰尽览嵯峨秀，万里归来步履拖。
仰面朝天扶杖立，星移斗转若穿梭。

九

阅罢春秋踏夕阳，此心未老有衷肠。
新苗拔节遭风折，活水开渠共热凉。
百态纷呈飘乱影，三生有幸遇堂皇。
蹉跎日子平凡走，得失踟蹰薄暮廊。

十

挥手从兹别职场，无言失意有仓惶。
半生脚踏蹉跎路，近老身扶曲折廊。
读罢炎凉归淡泊，收罗点滴助刚强。
加持自我于今始，解脱缰绳再启航。

何忠平

何忠平，男，汉族，生于1972年，甘肃省舟曲县城关镇人。1992年甘南师范毕业分配到迭部县，曾在教育、旅游、文化等单位工作，现就职于迭部县腊子口镇。甘肃省诗词学会会员，洮州诗词楹联学会、舟曲楹联诗词学会会员。曾在《甘肃诗词》《甘肃楹联》《格桑花》《甘南日报》发表过诗词、对联、散文。

欣葆诗心种诗田

从孩提时候我就无端地喜欢上诗词了。

最先接触的是语文课上学过的古诗。我醉心于老师铿锵有力或者抑扬顿挫的声调，又联想到电影中见到古代文人吟诵的神情，这些，都在我的脑海中留下了很深的印象。于是，凡是课本中出现过的古诗我都能够熟练地背诵。这个习惯保持到上初中，就这样，诗词伴随着我在不知不觉地成长。

看诗词时间长了，就有了“创作”的冲动。那时我在读师范，功课并不繁重，有时间看课外书籍，其中就看了不少诗词类的读本。现在回头翻翻那时的“作品”，最多就算是顺口溜，连打油诗都算不上。在临近毕业时我曾将部分诗稿呈送一位权威诗人，他读后给我回信中谈到格律诗是戴着镣铐跳舞，早在“五四”时期就已经走到末路，劝我应该学写新诗。此后我渐渐产生了放弃学习古诗的念头，燃起了学习新诗的苗头。何况此时的我也看到过上世纪最伟大最权威的两个人物对于古诗的宏论。一个是“旧诗可以写一些，但是不宜在青年中提倡，因为这种体裁束缚思想，又不易学”，另一个是“我以为一切好诗到唐代已被作完，此后倘非能翻出如来掌心之齐天大圣，大可不必动手”，于是，在此后的六七年我很少再坚持阅读古诗词方面的书籍，自然也没有坚持写曾经喜欢的顺口溜。对于新诗，也一直没能产生大的兴趣，由于个人的懒惰，没有给自己及时“充电”，后来我终于沦落到看不懂新诗的地步。

后来，因为《阿丁诗抄》的缘故，我和阿丁老先生有了一次通信，我十分感谢先生给予我的关怀和期望，再后来，我有幸和洮州诗人来毅老师为邻，受他的熏陶指导，才逐步掌握了诗词格律。从此我“勒马回缰作旧诗”，又开始阅读和写作格律诗了，看书和写诗成了我日常生活中和吃饭喝茶一样必不可缺的习惯。

“书中自有黄金屋，书中自有颜如玉”，年届五十，总算悟出了其中的真谛。诚然，年少轻狂和宦海浮沉的人是体会不到的。读诗兴起，真有“坐拥书城胜封侯”和“抱得美人归”的感受。

余生无多，诗路迢迢。愚钝如我，从不奢望在诗歌创作上能够有所成就，能够走得更远，攀得更高，但我会毅然决然地在这条道上走下去，因为诗，已经融入了我的精神生活，而且是一日三餐之外最重要的养料之一，就像呼吸的空气一样不可或缺。“诗言志”，诗是诗人的心声，就让“我手写我口”吧，记录下世事沧桑，记录下我的悲喜爱恨，记录下我所走过的屐痕，用我这颗赤子之心，聊以告慰苍天厚土，报答生我养我的父母和关心爱护我的每一颗魂灵。

清明前还乡过舟曲新区所见有感（二首）

一

料峭春寒飞雪日，白龙江畔眼迷离。
菜花灼灼醉游客，烟柳依依隐竹篱。
谁织彩绸铺沃野，我来桑梓觅新诗。
他年庐筑南山下，种菊耘田把酒卮。

二

藏乡重到小江南，郊野踏青过陌阡。
驿路桃梨绽新蕊，长堤杨柳醉春烟。
芳蹊十里人争窄，花海满眸蜂占先。
香气袭人存袖久，故园别后梦魂牵。

迭部喜逢洮州诗友

徜徉诗苑识新知，心逸洮州魂梦驰。
圣地采风初把手，驿楼剪烛四更时。
浪游石堡穿驮道，拜谒丰碑吊义师。
临别犹余千句话，冰心一片吟芜词。

舟曲“八八”特大山洪泥石流灾难三周年感怀

又逢八八起哀思，往事惊心不胜悲。
劫难飞来噬黎庶，救灾排险赖雄师。
九州施爱除民瘼，万户怀恩竖国旗。
重建渐呈新气象，焚香酹酒慰魂知。

悼霍松林[1]

惊悉长空文曲沉，微屏噩讯半疑真。
渭河呜咽共哀恸，陇月凄清近立春。
诗赋唐音惊九域，舌耕庠序泽三秦。
学林齐悼霍祭酒，吟罢泪痕沾满巾。

参加舟曲楹联诗词学会成立十周年大会，和舟子诗原韵

回眸十载岂寻常，幸仗前贤早拓荒。
齐赞桃源避秦地，盛传翰墨散清芳。
新莺百啭人将醉，雏隼初飞路正长。
滚滚龙江发龙吟，自当诗海步苏黄。

① 先生书斋名唐音阁，其著作有《唐音阁诗词集》等。

秋登翠峰山

拾级登高值早秋，骋怀游目一望收。
鸡冠岭上辟蹊径，古刹门前忆旧游。
云海松涛仙客界，花香鸟语醉诗眸。
凄清最是龙江水，鸟瞰依然亘古流。

河西行，初乘火车抵金昌参训，夜宿金昌饭店

孤旅迢迢路九千，驾龙西北渡祁连。
秋风铁马鏖兵地，春梦深闺冷枕边。
初抵镍都边塞阔，早闻花海域中传。
群楼远眺接天宇，偶发诗情夜不眠。

夜读《洮涓韵语选》寄来毅老师

仙风儒雅傲吟坛，重读华章夜将阑。
满腹经纶育桃李，半生坎坷吐辛酸。
为邻曾因书香沁，问学始知格律难。
立雪程门君莫笑，唐诗聊做养生餐。

丙申重阳有感

廿载奔波满旅尘，江湖乞食倍酸辛。
梦中慈母家山远，驿路重阳客泪新。
发白欠看书万卷，身衰尚荷担千钧。
桑榆归去心情好，学种桑麻垂钓纶。

夜读张俊立校注晚清洮州诗人陈钟秀《味雪诗存》有感

倚窗掩卷夜阑时，细读先贤味雪诗。
落魄平生坎坷路，辛酸满腹竹枝词。
洮州自古多才俊，边塞于今焕秀姿。
惯看长安名利客，任人笑我是书痴。

贺舟曲楹联诗词学会成立十周年（新韵）

甘泉哺文脉，笔架耸苍穹。
放眼陇原外，潜心学问中。
先贤矗吟帜，我辈续诗风。
坎坷十年路，联花红满城。

洒泪（新韵）

洒泪别黉舍，倏忽廿六年。
嵩云阻秦树，杜宇泣迭山。
对镜惊白首，还乡惭玉颜。
芳泽常入梦，老泪满青衫。

闰四月初三，假日酒店雅集见诸师友

久滞家山外，梦中屡返乡。
灯前忆师友，诗里叙衷肠。
桑梓喜重逢，旗亭醉百觞。
品联佐肴簌，席上溢书香。

闻舟曲一中六十周年校庆有感

不堪追昔日，屡梦读书声。
笔架傍黉舍，涌泉滋古城。
看英才荟萃，忆岁月峥嵘。
母校恩难忘，心萦寨子坪。

夜宿御景酒店

觥筹交错洗风尘，席上初逢亦觉亲。
聊蘸龙江千斛墨，采风诗笔自来神。

雨后溯多儿河漫步

雨后流云缚远峰，结俦漫步出柴门。
风送荞花香袅袅，路转溪桥又一村。

江迭路海拔四千米处鸟瞰

登高疑到九重霄，脚下流云风怒号。
放眼群峦收眼底，苍山如海涌波涛。

秋思（新韵）

是否秋声到故园，最怜阿母旧衣衫。
泪眸望断南飞雁，明月何时照我还。

八月十六夜望月（新韵）

寂寞凄清月殿寒，而今早悔窃仙丹。
人人都道神仙好，夜夜嫦娥梦故园。

野　望

秋到重阳时已浓，窗含远岫绿黄红。
东流一水无框画，雁点青天过碧空。

甲午岁末有感

梦醒长安逾九秋，扁舟载酒五湖游。
时人不识余心乐，啸傲林泉胜封侯。

送友人杨兴昌

驿路交游廿载长，相濡以沫煮炎凉。
送君今日迭山道，谁复西窗对烛光？

迭山道中（二首）

一

青稞割罢沐斜阳，小径藏妮笑语香。
绿水一弯随路绕，霜枫红到野村旁。

二

傍水依山三两家，秋红掩映夕阳斜。
拉伊[①]袅袅萦林樾，惊起田边一树鸦。

谢娘（新韵）

谢娘笑靥旧曾谙，过隙白驹卅四年。
昨夜梦回肠断地，与伊牵手到桥南。

---

① “拉伊”是藏语中情歌的意思。

戊戌重阳

戴月披星入户忙，荒村身寄度重阳。
层林尽染千山醉，七彩画屏过雁行。

久里才驻村随感

春到迭山初驻村，夏过秋尽为扶贫。
久行藏寨犬相识，摇尾似迎家里人。

兰州新区中川望月怀人

机声隐隐望南天，玉魄含情分外圆。
且叠相思与明月，为伊捎到绮窗前。

傍晚兰州新区栖霞湖散步遇雨，避雨廊桥

微雨徐行伞未撑，廊桥小憩涨诗情。
回眸潋滟波光里，妙句荡来诗已成。

迭州二月

许是疫霾花信迟，迭州二月柳无丝。
一犁膏雨墒情好，正是农家播种时。

庚子春日

居家卅日绝游踪，辜负三月花事浓。
桃李不知冠状病，江边依旧笑春风。

贺尚丕礼老师获全省离退休干部先进个人表彰（新韵）

谦谦儒雅古风存，情暖红尘不染尘。
老骥犹怀千里志，爱播桑梓践初心。

春夜杂诗

禁足未知三月尽，书斋浸润半成翁。
闭门终日寻诗料，诗在桃花枝上红。

仙女瀑题照

野径萦纡过百寻，扶筇拾级树萧森。
崖头路转惊飞瀑，疑是仙姝舞翠林。

庚子九月初八晨送洮州诗友马锋刚、武海平还乡

霜降重逢吟友时，泉城剪烛夜归迟。
送君晓发龙江畔，驿寄醇醪酿妙诗。

忆　旧

负笈迢迢别桑梓，光阴虚掷悔充竽。
多情四载相思梦，常醉黄公旧酒垆。

溪岭行吟

山重水复路逶迤，翠嶂萦纡万壑低。
胜日偷闲到溪岭，一路关关听鸟啼。

雨后晓起

晓起枝头闻鸟鸣，霁光照眼一溪明。
坐看窗外烟云过，雨后青山百媚生。

忆旧（集句）[①]

相见时难别亦难，一眸春水照人寒。
早知骨里藏红豆，别酒青灯语夜阑。

① 首句出自李商隐《无题》，次句出自崔珏《有赠》，第三句出自郁达夫《金丝雀》，尾句出自元好问《别程女》。

贺甘肃省诗词学会第五届会员代表大会于 2018 年 10 月 13 日在临洮召开

金风传喜讯，盛会聚群贤。
当借凌云笔，赓吟三百篇。

腊子口驻村杂咏

雪落人行少，林深日出迟。
倚窗谁独坐，松籁和残诗。

夏　夜

夜雨叩蓬窗，涛声入枕凉。
深闺人不知，织梦到家乡。

春　雨

山川沐膏雨，春播正当时。
何日疫氛靖，但愁耕种迟。

庚子春日

微风醒枯草，细雨浥轻尘。
放眼龙江畔，南山霁后新。

边城

边城，原名胡海宏，藏族，甘肃省临潭县洮滨镇人，80后。生于美丽的洮水之滨，自幼钟情文学，尤喜古典诗歌。“存身红尘中，寄情山水间”是他的人生哲学。

学诗有感

我本没有资格来谈论写诗的方法和技巧，甚至感悟。我从不懂平仄到现在勉强成句，也仅仅只有三四年的光景。学海无涯，三四年的时间对一个习诗者而言或许也只是弹指一瞬，所以更不敢下笔，不敢妄言。因与众诗友集诗成书，要求每人写一篇关于诗词的文章，不得已，勉为其难吧。只希望别贻笑大方，成为别人的笑柄。

于我而言，写诗既亲切也陌生，说亲切是因为我骨子里喜欢诗词，山川草木、四季变换均可成为我表达感情和认知的载体。说陌生，是因为在这条诗词的道路上我刚刚起步，有太多太多的东西需要我去学习、去积累、去感悟。喜欢诗词对我来说是一件幸福的事，在诗词的世界我可以尽情畅游，不拘泥世俗的种种成规。诗词就如一片温柔的港湾，失意时、落魄时、受伤时，诗词是我心灵栖息之地，是我最好的疗伤圣药，此间妙处言语不能道尽，只能慢慢地体悟。

写诗填词需要技巧和方法，但如果把创作的重心放在技巧上，也就失去了作诗的意义。下面我就对于创作诗词谈谈自己的浅见。炼字、炼句、修辞手法这些老生常谈的话题，前人已有详尽且精准的描述，在这里就不再赘述。我认为创作诗词除了这些必须具备的技巧之外还有最重要的一点，那就是修心。心诚则灵，作诗也一样，心无杂念，心明如镜，常怀感恩之心，以平常心对待身边的人和事，不焦躁、不抱怨、处处与人为善，让自己的心得到净化和升华，做到这些才能创作出高水平的作品。除了修心，还有一点便是人生的阅历，对一个人而言，成长是必不可少的，而在这个过程中所经历的痛苦、磨难甚至死亡，这些都是岁月沉淀下来的和上天赐予我们的最珍贵的东西，它可以成为我们创作诗词的灵感和源泉。一个自幼生活在温柔富贵乡的人大概是写不出有深度、有高度、明心见性的文学作品的，纵观历史，此类事例不胜枚举。

最喜欢贾岛的“鸟宿池边树，僧敲月下门”，我无鲲鹏飞天之志，更无悬壶济世之才，写好每一首诗词，温柔地对待身边爱我和我爱的人，存身红尘中，寄情山水间，便是我的人生哲学。

赤壁幽谷

灵崖招白鹭，古洞惹仙翁。
鸟悦水欢处，杨青野杏红。

鹿沟叠翠

鹿沟烟色漫，幽径十三盘。
树静白云动，山空流水欢。
农夫刈金麦，仙女牧青鸾。
无事且作乐，心闲天地宽。

古堡斜晖

秋风摧绿叶，古堡自千年。
断壁残垣旧，斜晖落日圆。
桑田今又改，吐浑已如烟。
莫道春常在，惜花洮水边。

莲峰耸秀

莲峰高入天，牛斗傍花眠。
云气蒸重阁，烟波鼓锦川。
三千寻水客，十万赏花仙。
最是山中月，幽怜石上泉。

冶海冰图

关中多好景，冶海有仙池。
水碧悬明镜，天蓝凝玉脂。
晴峦山色秀，幽谷落霞迟。
徒步登云阁，烟波入古诗。

十里睡佛

苍茫云水端，睡佛卧长天。
月倚眉头起，星从脚下悬。
空山余落日，幽谷锁岚烟。
最喜人穷处，禅心自有年。

冶峡画廊

冶峡峰岩秀，碧溪花木深。
流泉珠似玉，落日石如金。
揽雨千杯酒，临风一把琴。
瑶池无好景，王母动凡心。

朵山玉笋

朵山生玉笋，傲世笑人寰。
万壑松涛秀，千岩鸟迹闲。
云从春涧起，雨自柱头还。
放眼途穷处，平添水一湾。

卫城金殿

苍茫西北里，金殿锁斜晖。
都督卫城在，将军弓马非。
他年风雨苦，今日百花肥。
无事登高处，天长草色微。

洮水流珠

藏地多奇景，天河云水浓。
苍原嵌碧带，峻岭起惊龙。
白浪万千斗，清波百二重。
蓝田空有玉，洮岸玉妆松。

晨上慈云寺

晨上慈云寺，幽花嵌翠屏。
日光千岫白，山色一天青。
紫气浮春树，和风润石亭。
万音皆是语，倚槛细聆听。

喜　梅

素雪无声昨夜来，寒梅有意五更开。
北风不识癯仙面，吹落香红满玉苔。

赠　妻

红妆褪去六年期，花落水流情不移。
好景三千有时尽，一床冷暖自相知。

回家偶书

青草白云洋芋花，涛声鸟语野鸣蛙。
闲来信步碧溪上，悄看莺儿洗脚丫。

原韵步张俊立先生八角花谷

烟迷云绕春溪绿，花影入泉妆石鱼。
拣水拣山君欲往，醉游八角意何如。

春夜有寄

冷雨落红春尽时，山梅寂寂燕飞迟。
芳菲过处相思苦，遥寄桃花十万枝。

春思（二首）

一

龙江锁雾浪如潮，花蝶蹁跹艳影娇。
醉卧山阴桃李下，闲看柳絮落春桥。

二

又逢九九杏花雨，曲水绵绵绿映堤。
两岸桃红几时尽？我吟春思小楼西。

冬日咏玻璃冰花

两排雪树对相栽，一石山鱼倚壁台。
谁塑青波成白浪，扁舟轻荡玉河开。

雪夜与张李胡丁等诸公小聚

窗外天寒雪正浓，诸公七八小楼东。
香波咸浪煮红绿，宜酒怡情诗更工。

瞻仰新城隍庙苏维埃旧址

风雨苍茫近百年，巍巍庙貌颂先贤。
江山不改英雄去，洮水长歌大雅篇。

无　题

沙头霜叶乱秋痕，雁影单单向晓昏。
最是相思无限苦，化成飞泪葬花魂。

题李玉芳女士剪纸之梅兰竹菊四君子

梅

虬枝玉瓣纸中来，燕剪翻风百态开。
不与群芳争艳丽，暗香映雪一渠梅。

兰

纸上幽兰着素妆，蕙心裁得叶飞扬。
叹君剪下乾坤大，一寸出尘千寸芳。

竹

瘦骨嶙峋长峭岩，虚怀若谷最平凡。
枝干遒劲当风立，不与娇花共玉衫。

菊

百卉凋零花事尽，满庭黄菊始才开。
蕊寒香冷凝霜雪，君若有心沽酒来。

立　夏

高原立夏暖来迟，四月方才抽嫩枝。
塞上寒风妒春意，可怜一地百花脂。

赞端午洮州卫城隍庙

城隍庙里柏烟香，十八龙神会殿堂。
四面游人比流水，丰碑永续美名扬。

洮　河

两岸平川跃马原，九迂十折绕村前。
千顷碧水云中地，万斛明珠浪里天。

与诸诗友游杨家桥

海棠依水月为媒，嫁与清风向日开。
画蝶三千逐香去，痴人七八过桥来。

洮州毛布底儿

镜里霜花娘易老，手头针线夜遥遥。
布鞋不比黄金贵，黑白分明我自骄。

羊化桥

青山脚下马兰香，懒犬悠鸡倚碎阳。
客问小桥何处是，绿烟堆里柳花旁。

窑头三角城

日下西山薄暮凉，风沉沙暗影苍苍。
谁料铁马金戈处，今日草丰油菜黄。

咏玉芳剪纸

心灵性巧自天成，异草奇花剪口生。
本是寻常眼前物，你娇我艳也争荣。

卫城春早

桃李不言春自来，野凫戏水碧波开。
青山有意招花婿，浅粉鹅黄竞翠苔。

春　燕

情语呢喃谁做猜？娇风弱柳两相偎。
才伤梅落香消去，忽见桃红春燕来。

庙花山新农村掠影

虫吟蝶舞树栖鸦，少妇桃溪浣素纱。
极乐禅林何处是，庙花山上野人家。

洮滨杂诗（其六）

老炉温火煮新茶，一院青桃暮雨斜。
不羡陶公芸豆处，柳杨堆里是吾家。

赞临潭非遗传承“玉芳剪纸”

碧窗娇影映香腮，帘外清风淡落梅。
皓腕剪红裁绿处，黄莺粉蝶逐春来。

春　词

小眠不觉褚衣单，一树炊烟犬吠残。
白雪纷纷墟落静，邀朋沽酒御春寒。

新城新印象

去年此日卫城东，风共尘埃眼口中。
好雨今滋茶马地，润开琼蕊满街红。

石门金锁

纤纤秋色饰岚烟，百丈崖头落醴泉。
金锁石门飞彩凤，清风明月遁银蝉。
碧波抛玉三千斗，洮砚雕花十万钱。
莫道红尘无宝地，桃花园里尽神仙。

闻《洮州诗词·丁酉集》付梓有感

明月清辉寄好辞，你吟我诵二年期。
仄平路上云水秀，律韵途中风雪奇。
朝咏春梅吐香早，晚夸秋菊落花迟。
龙腾虎啸开新业，幸有马公扛大旗。

岁末咏梅

点点寒英小院芳，竹篱夜半着檀妆。
桃花轻薄随流水，柳絮颠狂戏海棠。
淡雅风姿欺石菊，纯真气韵傲冬霜。
龙江滚浪烟岚秀，把酒金樽醉藏乡。

洮水流珠

天际冰河盖地来，崇山峻岭倚云开。
晶珠万粒何人撒，雪浪千重谁倒栽。
百里银龙归大海，十村青郭比瑶台。
诗仙太白今安在，我醉洮滨不肯回。

丁海龙

丁海龙，笔名古月星空，汉族，甘肃临潭人，中华诗词学会会员，甘肃省诗词学会会员，洮州诗词楹联学会理事。作品见于《中华辞赋》《甘肃诗词》《学生天地》《甘南日报》《格桑花》《白银日报》等报刊。入选《临潭有道》《洮州温度——临潭文学70年作品选》等选本，参编《洮州诗词·丁酉集》。出版诗集《虚尘》。

我相信，诗歌是一棵开花的树

爱上古体诗歌，似乎是必然的。

从小背诵着那些从汗水里、从血液里，甚至从灵魂里流淌出来的诗句，便激动不已。于是我就深深地喜欢上了“大漠孤烟直，长河落日圆”边塞的绮丽壮美，“问君能有几多愁？恰似一江春水向东流”的无奈与惆怅，“日出江花红胜火，春来江水绿如蓝”的那份绚丽多彩……

有句话说得好：一首诗，能绽放出艳丽的花朵，感受到自然的清新，发现蓝天似的广阔，学到海洋一样的知识。

是的，古诗词的美，美在韵律，美在建筑，美在绘画，美在情感，美在简洁。似乎这种美是我无法抵挡的，她惊艳了我，也影响了我，让我情不自禁地扑向这方美丽的天空，仿佛每一个字就是一颗星，都有自己独特的光芒。她这样与我结缘，并非偶然。

老实说，接触古诗词起于懵懂，而爱上古诗词始于弱冠。当我跑遍兰州的所有书店，买到自己平生以来最喜欢的诗词格律研究类书籍时，那种欣然可想而知。接下来如何写就成了摆在我眼前的难题。从凑字数、凑韵开始，每天坚持写着，乐此不疲。

当我把自己最得意的一首发到朋友圈时，得来的并不是一些人的褒奖，而是严厉的批评。是的，当把废寝忘食的努力换成全盘否定时，那种沮丧与无奈是致命的。但我此时，真心感谢那些批评者，给我以毁灭，又给我新生。

自批评后，我开始反思自己。诗歌怎么写？

于是我又开始买了许多有关诗歌创作的书籍，从唐诗名作开始，一字一韵、一词一境，慢慢研究，大约过了半年，算是摸到了古诗词写作的一些门道。严格来说，这些门道是我大学四年读诗所得，而写诗却很少了。

2013 年毕业后，为了忙于生计，甚至还停止了一年多的诗歌创作，说实话，没有诗歌的人生是苦涩的。

直到 2017 年，经人介绍加入洮州诗词协会微信群，便和一些志同道合的朋友在群内交流谈诗，不分昼夜，颇有意思。

之后，注册协会、发展会员、搞活动，忙了几个年头，在此期间，我收获颇丰，当然，大家的诗词水平也逐日提高了。

我庆幸自己，能够在绝望中坚持下来，并且先后加入甘肃省诗词学会、中华诗词学会。

我相信，诗歌是一棵开花的树，不仅盛开着美丽的花，而且也能结出硕大的果实来。

儿童节有感

庭前蓓蕾开，彳亍莫贪杯。
晓得儿童节，时光不再来。

洮滨暮春

蒲杨泛绿望洮滨，酣睡花神作近邻。
云翳浅歌堤岸柳，无声烟雨拂尘新。

咏魏徵

频频进谏向君王，耿耿忠心保大唐。
荡尽人间污与秽，乾坤处处有清香。

咏　竹

半帘修影腹中真，明月盈窗拂旧尘。
歌尽虚心俗家事，霞光遍染一枝春。

娇　杏

粉杏娇羞带雨烟，一枝半抱女墙边。
邻家碧玉窥花笑，嫩影纤腰惹我怜。

漫步洮水之滨

终日无聊洮水滨，众花青荇作芳邻。
空山凝翠白云远，又是一年春色新。

故园春日

门前杨柳已青青，坡上寒松对野亭。
若识东风倩影面，来年表诉桃花听。

题迭部扎尕那仙山

迭山玉影瞰飞鸿，白雾层林谒碧空。
鬼斧神工谁杰作？依云醉卧觅仙翁。

看　花

闲坐花前醉看花，东风十里至吾家。
千山涌动娇娇影，时有星光送晚霞。

早　春

二月琼花润草长，北山一带树茫茫。
东风怨我归来早，误把茶香当酒香。

十月廿一夜有感

常作庸人自作愁，万般无奈水东流。
海棠枝上春风少，花月樽前若梦游。

农历四月廿二逢雨感题（新韵）

微微夏雨暗江干，花落飘零带泪看。
云上嫩芽湖中藻，半帘青色半帘烟。

洮州诗词楹联学会庆祝建党一百周年有感

万里歌云万里天，声声情意半生缘。
红尘一曲杯中酒，谁惹青林石上泉？

暮　秋

平生无趣少狂游，独坐云头苦颂秋。
万物凌霜好颜色，江山如画一望收。

报　春

簌簌寒酥慰暖尘，昏昏灯盏吻漪沦。
平明无客门幽闭，一朵红花报九春。

无题（八首）

一

心无旁骛定心神，名利浮云化素尘。
波上柳梢娟倩影，岸头碧水泛舟人。

二

一道残阳几处空，当年商贾影无穷。
可怜今日关山远，满目黄花斗断蓬。

三

半生碌碌亦匆忙，瑟瑟西风遍异乡。
秋雨霏霏堤岸柳，一帘花落满园香。

四

玉霙消去鸟鸣空，残梦山桃次第红。
昔日归来君尚在，而今孑影对蟾宫。

五

湖边柳色影幽长，投箸愁心怨异乡。
一片相思何处寄？重山云岭亦茫茫。

六

流云无力乱杨花，渌水茫茫望翠霞。
老泪不知风月路，归来识得一寒鸦。

七

雪遮黑土土生香，踏玉归来短褐凉。
枕上无聊多噩梦，而今不敢尽杯觞。

八

冬去春来桃李前，绮霞云鹤瞰平川。
田间豆麦何时绿？明月清风饮醴泉。

己亥年九月十六有感

去年今日几心酸，漫目层林百叶丹。
回首繁华知我累，红尘秋月讨人欢。

别石门

辞别石门秋色凉，西风瘦影菊含香。
小村几处云烟暖，山麓无声豆麦黄。

春　夜

浅水绿波桃李香，远山近树共苍苍。
月明鸟倦人归去，帘动微风瘦影长。

夜读杜牧《遣怀》有感（新韵）

今古悲愁多遣怀，半生放荡薄情栽。
莫言风月无边苦，纸上桃花肆意开。

感春（二首）

一

堤上春风几遁巡，青苔斑驳睨漪沦。
鸟鸣清涧山尤静，我是红尘梦里人。

二

岁岁寻仙碧水湾，蕊宫琼苑鸟关关。
东风十里桃园景，玉惨花愁不一般。

丁香花

几树丁香接昊空，群芳斗艳沐东风。
行人驻足心犹醉，无奈时光葬落红。

杏　花

墙头红杏寂寥开，寒蕊芬芳蝶自来。
三十三年百花雨，莫言春剪巧心裁。

红芍药

茎绿蕊黄留殿春，晚来媚影拥漪沦。
余容本是花中相，遗落荒丘作玉尘。

自　叹

三十三年孑影身，我为南路小村人。
勾留城内繁华地，宛若墙头一粒尘。

登洮滨三角城感怀

三角城中豆麦香，墙头草色接云乡。
当年征战今何在？徒有残垣送夕阳。

过资付崖

崖下怒波滔荡来，羊肠小径挂青苔。
今修大道千家笑，车马行人不再催。

题洮滨新堡渡口

渡口无人草色凉，昔年阿妹待君郎。
可怜今日不相问，渺渺江波亦断肠。

倚楼望星河

多是狂姿亦醉歌，西风瑟瑟恋秋波。
故园冶影三千里，我倚星楼望九河。

八角花谷

百花开处尽花仙，正是骄阳七月天。
十里画廊若诗画，关关青鸟啄云烟。

望牛头城遗迹

遥望古战几沧桑，昔日繁华已怆凉。
墙上西风踏歌处，白云泣泪送残阳。

咏樱桃次韵韩本孝先生

色如仙子启丹唇，可口酸甜一片春。
淡淡果香飘四野，斜阳山外梦中人。

丁耀宗

丁耀宗，男，汉族，生于1957年12月，笔名丁子。甘肃省临潭县新城镇人，卓尼县经信局退休干部。甘肃省诗词学会会员，洮州诗词楹联学会会员。爱好古诗词及书法、绘画。诗词作品散见于《甘肃诗词》《格桑花》《格律诗社》《洮州诗词》等微刊杂志。

写诗体会

一、写诗说来容易

容易到世间的花鸟鱼虫、山水人物、风花雪月、高山流水以及人生的喜怒哀乐、悲欢离合，都可以信手拈来，皆能入诗。而题材之广犹如瀚海无边，使人用之不尽。写诗既可记载一物一事、一草一木，或时代之变化、社会的发展都是题材；写诗又能抒发个人之情怀，提高自己词汇的储存量及组合能力，尽可能地发挥心灵之声，引起广大读者的共鸣和关注，所以，写诗容易，写好则难。

二、写诗的确很难

尤其是格律诗词，很是令人费尽心思。除了必须掌握平仄韵律，起承转合，对仗关系，词性运用等基本知识，还要对事物有仔细的观察和了解，才能写出有血有肉的诗来。学诗之难，难在有时一年半载的思索，也写不出一首自己满意的诗来，令人痛苦不堪；甚至有时为了一个词或一个字搜肠刮肚，举棋不定，进行三番五次的推敲，也不一定收到良好效果。

三、写诗确有好处

一是可以通过写诗，不断加深对洮州诗词学会这样一个社会团体的热爱。说实在话，是团体组织给了我个人这样一个非常好的平台，也给了我们每个会员展示自己的机会和场所。通过不断的学习交流，结识到了不少良师益友，一定程度上提升了自己的写作能力和水平，也加深了对诗友们的理解和彼此深厚的感情，使我个人受益匪浅。

二是通过写诗，可以查找翻阅有关资料，一定程度上掌握了解国家大好形势，树立家国情怀，关心国家大事。通过采风，重走长征路等有组织、有意义的集体活动，参观红色圣地，传承红色基因，使我们深深体会到今天的幸福生活来之不易，无数革命先烈用生命和鲜血换来了红色政权，我们要永远继承，发扬光大。教育后代要不忘初心，牢记使命，使我们伟大祖国的复兴之梦很快成为现实。

我们通过写诗，要应时度势，与时俱进，向社会传递正能量。因为我们当前正处在一个伟大的时代，我们有丰富的物质基础和优良的社会条件，我们作为一个共和国公民，应为这样一个繁荣盛世而自豪，而放歌，而吟咏！

曹孟德诗曰："老骥伏枥，志在千里。烈士暮年，壮心不已。"

我们应该学习古人情怀，领略先贤风采，传承国学文化，使古体诗词这个体裁的国学文化不断得到发扬和继承。

三是写诗可以使人不忘乡愁，可以引起人们对伟大祖国和自己故乡的无限热爱和深深的眷恋。通过自己不断的写作和学会的推广，让广大读者了解到洮州文化底蕴之深厚，物产之丰盛，人民之纯朴。

我作为一个土生土长的洮州公民，今后要继续努力学习，为本土诗词文化尽一份微薄之力，把本地的风土人情、民俗民风和精神面貌以诗词的形式展现给世人，这是我应尽的责任和义务。最后用古人诗句鞭策自己：

老牛亦解韶光贵，不待扬鞭自奋蹄。

冶力关镇

大佛深藏云雾中，雄关十里郁青松。
丹霞不染红尘路，赤壁难遮山万重。

百花谷

花红绝配枝头绿，水碧河清走小鱼。
八角风光迷远客，骚人沉醉又何如。

磨沟遗迹

土垒良田埋穴基，磨沟畴昔有谁知。
泥陶枯骨鳞鳞比，似说当年盛兴时。

店子乡王清洞

王清洞府踞高台，步入栏杆眼界开。
峭壁风光宜入画，修心应到此中来。

谒范绳武碑

先生厚德铭乡里，怀抱儒风行化时。
碑立街头人敬仰，至今人忆是良师。

石门口村

石门口在洮河岸，碧水青山紧相连。
本是往来茶马道，而今湖上走渔船。

石门金锁

高山峡谷观金锁，应是星繁月上时。
洮水平湖成画境，鱼翔深底久不知。

窑头村

碧水洮堤柳拂头，松山叠翠映沙洲。
风摇花树香飘远，朱雀飞来绕小楼。

红堡子

古堡沧桑数百年，如今锁钥在村前。
红尘俗事知谁记，盛世繁荣说圣贤。

李岗村

李岗村中喜事多，天时地利带人和。
平宽道路无尘土，窗外青山对小河。

题术布乡

青山绿水户朝阳，两岸飘来野菊香。
本是休闲消暑地，村民享尽好时光。

鹿儿沟中

四野花香伴绿洲，松山脚下有清流。
沟中尽是乘凉地，到处闲人浪不休。

苦苦菜

名微无择地，只盼早春归。
梦浅托晴霭，情浓寄翠微。
黄花些许瘦，绿叶几分肥。
味苦能消病，性和身不违。

过李岗梁

四处梯田绿，斜阳耀眼红。
凉亭闻野鸟，栈道沐淳风。
芳草清香远，黄花压碧蓬。
谁人闲似我，信步好山中。

古乡行

树掩庄门水润田，红山脚下涌清泉。
新灯彻夜明村后，旧路透迤老屋前。
沟里青松成记忆，川中杨柳沐云烟。
和风细雨随人意，吹绿园林又一年。

梅　花

何愁历尽乱尘埃，万苦千辛毕竟开。
醉客沁香飘四野，迷人胭粉染双腮。
高孤品质无疑问，低调情怀不用猜。
禁锁寒冬甘寂寞，雪花千里报春来。

洮砚颂

洮河绿石本稀珍，水下深藏养玉身。
万载良缘逢巧匠，千年造化遇骚人。
精研绿墨香风远，妙赋诗文字迹真。
案上从来无论价，书成但教最传神。

黄昏颂

独坐西楼沐晚霞，惠风拂面薄如纱。
闲庭隔日谋醇酒，陋室时常品老茶。
清月洒窗流静谧，昏灯长夜煮年华。
人生在世多风浪，玉出昆山尚有瑕。

蒲公英

不论田间与地头，生于野陌逐风流。
黄花袭得游人醉，嫩叶招来玉指柔。
性本温凉能治病，味从鲜美可成馐。
家家厨里多存贮，佳节盘中好自酬。

情寄洮州

一世风霜半白头，襟怀常寄古洮州。
豪情万丈随流水，意气千回独自忧。
虚度华年成往事，空蒙岁月作浮游。
初衷未改乡愁梦，尽把新诗赋小楼。

故乡夜话

暮色朦胧进旧家，阳台庭院沐丹霞。
窗前竹翠遮星影，屋后灯明照物华。
半夜难眠论往事，三更未困话桑麻。
峥嵘岁月如春梦，苦乐人生若品茶。

鹧鸪天·卓洛吟

卓洛村中道路平，山花带露似多情。一川麦浪摇春梦，十里熏风诗意生。

看绿柳，听黄莺，下园子里水清明。丹青虽妙难渲染，满目青山任我行。

浪淘沙·鹿儿沟中

流水碧潺潺，春到高原。和风十里不知寒。谁把丹青又渲染，画里青山。

山下有清泉，流去回环。听闻泉水露遮拦。佳境天成无污染，暂隐容颜。

念奴娇·洮州即景

紫螃东峙，入云中，阅尽世间风物。烽火台前，重兴寺，独占水清山阔。冬去春来，白音阁上，遥望南山雪。洮州多彩，当年曾出英杰。

今日雄镇繁华，淳风依旧，谁伴东城月。拔地高楼随处起，彻夜霓虹不灭。过往游人，叹为观止，从此诗情发。挥毫研墨，吟题盛世不绝。

诉衷情·叹春来迟

春回大地误时候，冷月照洮州。西风依旧随处，寒气总难收。

望碧水，总长流，几春秋。此生若梦，苦乐年华，铭记心头。

王旭光

王旭光，男，生于1970年4月，汉族，甘肃省临潭县羊永镇李岗村人，网名天涯过客。中共党员，在职研究生学历，现供职于甘南藏族自治州中级人民法院。系甘肃省诗词学会、甘肃省楹联学会、洮州诗词楹联学会会员。

诗风拂面心自怡

仔细回想体味，才发现自己痴迷诗词，盖因爱好和性情使然。

因为打小一直生长在农村，弱冠之年的70后生人，除了课本和少得可怜的连环画，大都没什么好书可读。更别说有内容完备的诗词格律类书籍可获启蒙了。所以，那些流传于大人之口的儿歌、花儿和民间歇后语等等，算是我们接触最早的韵律类东西了。及至小学三年级，语文课本选编了两首古诗《早发白帝城》和《绝句》，而且还配有与诗意贴切的插图。当老师模仿古人吟唱的韵调给我们领学时，我已深受感染、身心沦陷！就这样，古诗文以其独特的表现形式俘获了一位懵懂少年的倾慕之心。到后来每每领到新书，当天我就会把其中不多的古诗囫囵吞枣，念得个滚瓜烂熟。可以毫不夸张地说，对小学、初中语文课本里的每一首诗词，不仅是熟稔于心，而且还会随着老师的讲解，让自己的思维完全放空，随意臆想诗词中描述的不同情景，并把自己幻置于内，亦游亦行、亦观亦吟，忘乎所以。这种情形后来又逐渐发展到自己的每一次阅读活动中。无论是读叙事课文还是诗歌小说，都会瞬间进入角色，合书仍难以自拔。上初中以后，又酷爱上文言文，试图通过阅读古人文章，了解他们的生活方式和人生追求。随着年龄的增长和阅读量的增加，这种窥探欲望亦越来越强，同时也被古人言简意赅的智慧和纵横捭阖的文采所深深折服。记得上初中时我的语文老师唐佐智先生，不光是对课本上的诗词讲解阐释得精彩，偶尔还会给我们朗诵一些他自填的诗词，当时那个仰慕和钦佩的劲儿啊，至今还那么清晰可忆。他还鼓励我们说："熟读唐诗三百首，不会作诗也会吟。"所以自初中二年级起，我便憨憨地开始了自己的诗词模仿写作之旅，因为年纪尚小，写出来的一些东西既不敢拿去向老师请教，也不敢示于他人而招不学无术之讥。升初三后，唐佐智老师调县城学校任教，原本可能让我及早接触和学习诗词格律知识的机遇就这样遗失了。但自那以后，闲暇习读一些古诗词和信手涂鸦自娱自乐的习惯，就开始慢慢养成了，至今依然，不改初衷。记得在十六岁的时候，因书店买不到学校图书馆藏的《李白诗选》，我曾利用课余时间原文带注手抄了一本，现在翻出来再看，连自己都感到惊讶；至于梦寐以求的《唐诗三百首》（蘅塘退士校注本），那是参加工作后去省城公干，才从书城寻购到手的。

上世纪 80 年代中后期，散文诗、现代诗方兴未艾，这股文学浪潮席卷大中专院校的文艺青年群体。我自然也忝列其中，成天醉迷于舒婷、席慕蓉、汪国真、三毛等人的作品当中，同时还整本抄背过泰戈尔的《飞鸟集》。自己也学写了许多，只是投寄给《星星》诗刊的，都文落星海，杳无音讯；绝大部分则静静地躺在那本自己精心插图的塑料皮笔记本里，成为青春的纪念。

中专毕业前一年，为了完成二十岁前要读完四大名著的心愿目标，我从图书馆借来尚未谋面的最后一部——《红楼梦》，来圆自己的一个梦。那时硬着头皮应该勉强只读了不到四十回的样子吧，总觉得个中故事细靡冗长、婆婆妈妈、烦琐无味，唯感兴趣的只有书里面的诗词歌赋，所以最终是圆梦露假，学诗当真。而且越品越有韵味，所以摘抄了很多，以备日后研习诵读。这也算是因这部名著，我对古诗词爱好的一次回归吧。

参加工作以后，虽然有难以割舍的文学爱好和诗词情结，但因诸多因素所限，也就让步于家事公务了。直到同事挚友俊立兄等筹立洮州诗词学会，又再次点燃了我的诗词梦想。最近几年里，在学会内诸位老师和热心诗友的指点与指导下，我才比较系统地学习掌握了诗词格律基础知识，并积极练笔学习创作，使诗词文学爱好真正成为自己业余生活的一个重要组成部分，陪伴我于工余饭后，去享受这一中国优秀传统文化带来的快乐。

当今世界，已处于高度网络化时代。多元文化的便捷传输及其更加趋向大众化、娱乐化、市场化的特征，使人们有了更多的文化消费选择，各种文化传播载体也是层出不穷。像我们这一群人，能把有限的闲余时间，交由诗词联赋来摆渡，而且笃定于自己的爱好而不移埠，唯有真性情者方可做到啊。

往后余生，我愿与诗词做伴，怡情常乐，期许颐年。

春　雨

一夜风和雨，阳坡草色新。
谁言春雨好，陌上荷锄人。

闲游当周山感怀

山幽松啸远，风劲野鹰高。
坐忆浮尘事，白云如卷涛。

意题春雪图

玉树琼枝硕，空山白屋微。
苍茫林野寂，雪落鸟惊飞。

周末逢雨闲居

坪草窗前绿，迟春细雨霏。
茶余无处去，闲守暮云归。

蒲公英

碧草绣黄花，春来似有家。
迎秋抬白首，飞起向天涯。

夏日晨景

晴空云似絮，鸟树语盈晨。
故里炊烟早，锄禾不待人！

夏河秋景

天碧云生远，山崇木染红。
桑烟弥缈处，古寺课晨钟。

母亲节思亲

岁月循回时入夏，庭前萱草映帘青。
去年今日娘还在，今日思亲泪点屏。

夏日山乡漫步

四野青青鸟脆鸣，豆花露白麦田荣。
农夫挥汗忙除草，即兴花儿四五声。

白露感怀

秋逢白露斜阳早，叶蝶翻飞舞晚风。
四十八春穷一梦，为追雁字化孤鸿！

情牵故乡

青山环抱小村庄，绿树荫中麦饭香。
满目梯田如泼彩，莺啼醉处是家乡！

缅　父

夜雨凭风诉，阴阳两渺茫。
年年逢此日，潸潸泪沾裳。
殁祭千张纸，生牵一世肠。
唯祈逢下辈，再做孝儿郎！

处暑观雨

风轻林不语，云重鸟低翔。
清冷三秋雨，萧寥四野黄。
繁华零落处，一叶染金霜。
晓梦添炉火，醒来薄被凉。

小满农家小景

清明下种一年忙，月半新苗四寸长。
除草耘田嫌日短，歇锄晚饭就星光。
烹茶预啜三秋味，烤薯还尝五谷香。
夜色渐深孙女叫，老翁呓应梦黄粱。

夏日时光

穹蓝野碧白云闲，鸟聒虫鸣麦浪翻。
旖旎梯田呈锦绣，阛闾阡陌共人烟。
豆花香透红盈地，油菜色纯黄染天。
纵是愁风怨雨客，李岗梁上欲成仙。

新　城

烽台寥落说流年，城郭巍峨隐晚烟。
海眼盈盈昭日月，官茔漠漠化桑田。
薰门恍忆马蹄去，金殿欣闻圣火延。
恰喜端阳春正好，花歌盛世万民传。

回首改革开放四十年有感

岁末回眸四十年，家情国运影联翩。
寒门鲜话仓盈日，市井常羞衣不全。
旱地惊雷逢雨露，春潮迭海起航船。
民丰物阜襄盛世，水绿山青夙梦圆。

党春福

党春福，男，藏族，1983年2月出生，甘肃省天祝县人。现供职于临潭县人民法院王旗法庭。甘肃省诗词学会会员，洮州诗词楹联学会会员。诗词作品散见于《甘肃诗词》《洮州诗词》《甘南日报》《甘南文学》等刊物及网络媒体。

洮水悠悠轻如梦，学诗习律正当时

吾自年少热爱诗词、文学、书画，就格律诗词而言，虽略晓平仄押韵，亦偶有绝句、律诗成篇，实则打油之作也。且自去年始对格律诗的对仗、定句、拗救、节奏、章法、意境等诸多要素困顿前行，常思索回味，目瞑意倦，百思不得其巧也。

所幸之事，有洮州诗词楹联学会诸多通晓格律诗词之尊师益友点拨开导，方觉茅塞顿开，每受教于诸位老师之言而肺腑感慨。学诗之人，首当正其诗词观，复晓格律、讲押韵、通意境、读古文、斟字句、知拗救、会对仗，方可成佳作美篇。

诗者、歌者，其源于生活而高于生活也。余习格律诗数年，只得其皮毛，未得其精髓，日后当多读取古代先贤之文章佳作，就教于洮州诸多文人良师，争取百尺竿头更进一步。此为多年学诗习律之心得感悟也。

《洮州诗词》百期感怀

洮水育英才，诗词雅韵开。
春秋刊百辑，只觉暗香来。

游卓尼石门寺

经堂坐一僧，佛火伴青灯。
禅近钟声远，红尘已不憎。

贺洮州诗词协会成立

瑞雪仲春皑，微群喜讯来。
洮州多达士，诗会有贤才。
古韵悠扬在，新声遍地开。
词文追李杜，不负益师裁。

元宵节感怀

正月闹元宵，花灯满市挑。
天官来赐福，太一最逍遥。
华夏承千代，文明万国朝。
汤圆同四海，举世尽丰饶。

洮州初春

春风万缕柳丝黄，鹊蹴枝头戏羽裳。
桃蕾初开含雨露，谁家檐下燕归忙？

雨　水

今逢雨水木生时，北国余寒未觉奇。
遥想南疆红豆发，谁将两颗寄相思？

春　雨

昨夜甘霖梦醒时，河边鹅柳发新枝。
轻丝万缕催桃蕾，一片春心寄远思。

登新城凤凰山有感

卫城秋色霭霏霏，陟彼岗峦向晚归。
虎踞龙盘灵杰地，凤凰展翅欲高飞。

游店子乡王清洞有感

王清洞里道修仙，峭壁悬崖石孔穿。
庙宇深藏殊胜像，缘来两教可相连。

与友人同游黑松岭有感

黑岭乔松不复存，秃山凭吊欲伤魂。
洮岷驿道今犹在，仍伴当年矮土村。

冶峡画廊

春暖花开冶水清，夏松苍翠鸟啼鸣。
秋风红叶丹霞染，冬看山林雪晚晴。

莲峰耸秀

昔人化羽九莲峰，四嶂青屏带翠茏。
王母下凡留宝座，云烟飞渡玉芙蓉。

读陈钟秀《味雪诗存》有感

乱世萦愁万缕丝，风尘奔走话流离。
忧家忧国情凄切，劫后余生味雪诗。

磨沟遗址

远古洮河育美田，仰韶文化彩陶妍。
磨沟遗址齐家墓，石器千年又见天。

铁城残秋

南飞雁字送残秋，玉露生霜菊带羞。
黄叶飘零风瑟瑟，铁城青史忆风流。

咏龙元山

龙元山脉彩云间，曲径回环十八弯。
田野清新庄寂静，神仙来此享高闲。

清　明

清明又见上坟忙，祭拜先人好怆伤。
烧尽纸钱千百万，不如家里孝高堂。

秋　思

缠绵秋雨几时休？冷月孤星照我忧。
万丈红尘皆是梦，一壶浊酒解千愁。

登陈旗南山有感

登高望远上南山，路险坡长十八弯。
俯看洮河清又绿，石门金锁水云间。

洮州卫城

洮卫城池固可坚，西陲要塞地形悬。
依峰筑体通番外，因势开壕接汉渊。
寨堡烽台遥互见，角墩马面近环连。
垣墙逶逦关山月，风雨沧桑六百年。

贺临潭一中七十华诞

书院飘香七十年，洮州内外百花妍。
凤凰山下吟华彩，古卫城中谱素弦。
润物无声桃李硕，春风化雨学师贤。
杏坛宝地生灵气，破浪扬帆著续篇。

洮州“尕娘娘”江淮服饰遗风

江淮遗韵遍洮州，妇女装梳数上流。
发纂簪盘银耳坠，大襟圆领碧绒绸。
金凤鞋面梅花绣，丝帕头巾两角钩。
炫服靓妆逾素简，红飞翠舞略含羞。

洮州大寒有感

晚来微雪展娇姿，飘落凡尘总觉迟。
纤指细拈千缕绣，蛮腰轻拂万根丝。
云端漫舞霓裳曲，月下闲吟秀雅词。
天地苍茫呈福瑞，琼花一片夜眠时。

冶力关秋韵

叠嶂青峦映翠云，层林尽染透幽芬。
蓝天有意清如洗，碧水无言漩若纹。
叶落枝黄霜满地，菊开梅艳雨飞纷。
金风送爽千秋实，丹桂飘香一季欣。

丙申小雪有感

小雪时节天色暗，吟诗作赋自悠然。
才情画意心更暖，一任西风大地寒。

如梦令·春雪

昨夜琼花飘洒，今晓凡尘玉挂。独步上层楼，天地苍茫优雅，如画，如画，冬又负了春夏。

徐红

徐红，女，藏族，甘肃卓尼人，四十八岁，卓尼县柳林初级中学高级语文教师，毕业于西北师范大学，甘肃省诗词协会会员，洮州诗词协会会员。爱好古体诗写作，作品散见《甘肃诗词》《格桑花》《甘南报》与洮州诗词楹联学会微刊。

我的学诗心得

洮州诗词协会的成立，为诗词爱好者赞颂壮丽山河搭建了平台，为繁荣洮州诗词文化，展现洮州璀璨的人文景观增添了光彩。

自从加入“洮州楹联诗词学会”以来，我深深地感受到了充实。作为一名文学爱好者，在我眼里，大自然的鸟语花香，月的阴晴圆缺，街头巷尾的小曲、逸事等都是心情，我总爱写写，抒发一下感情。

自从学写古体诗词以来，拜读了大家脍炙人口的诗篇，受到各位诗友的熏陶，再次领略大自然的美，欣赏日光下色彩斑斓的世界，聆听洮河的低吟浅唱，潺潺的流水连绵不绝……一切景语皆情语，心潮荡漾，激情油然而生。品读吟咏自己的拙作，仿佛生活多了几分情趣，游荡的灵魂有了归宿。

大家都知道写诗是需要灵感和文学积淀的，这也是我最缺少的。我的诗作对诗的意境和诗句的升华做得很不够，更谈不上什么写作技巧了。我要努力学习，加强诗的意境，诗句升华还有写作技巧的练习。只有这样踏踏实实地一步一个脚印地往前走，才不愧带我走上诗词创作之路的良师益友，也无愧自己的爱好。

对古诗文的诵读，让我受到了中华经典传统文化的熏陶；各位诗友的作品，也让我浸润在浓浓的民族精神之中。我将从这些优秀诗文中摄取精神的玉露甘泉，滋润心灵，去体会人间的真、善、美，领悟人生的真谛，用诗词充实自己，让热爱更有意义。

学党史

学党史有感

岁月峥嵘国运昌，云兴霞蔚凤呈祥。
风成骨化丹心在，党史铭章笃行忙。

南湖星火

火种南湖北斗辰，乾坤一掷有真人。
经纶政事宏图业，辟地开天济万民。

八一南昌起义

南昌起义金戈起，万丈狂澜冲九霄。
混沌天经辟蹊径，红旗满卷斩魔妖。

遵义会议

创业艰难遇干戈，英雄遵义智星多。
天通赤水无穷路，飞渡关山谱凯歌。

开国大典

人和笃定三山倒，福泽天成五运昌。
虎跃龙腾鸣礼炮，神州伟业上康庄。

改革开放

神州处处滚春潮，海运鲲鹏万里遥。
未艾方兴成大计，开来继往有今朝。

百年建党伟业

旭日东升一百年，峥嵘岁月梦终圆。
名垂史册成宏业，赤胆英雄笑九泉。

学党史赴腊子口有感

青峰迭岭留忠骨，白水吟情壮志魂。
红色江山无限美，人间正道在乾坤。

学党史赴杨积庆纪念馆学习有感

一

竹松李杏沐春晖，馥郁幽香飘古宅。
磊落戎生英烈传，匡扶正义东方白。

二

满院芳菲春草青，暗香浮动净心灵。
尘埃从此难迷眼，砥砺前行永不停。

颂家乡

乡情二首

一

彻夜华灯如白昼，银河遁迹暗星稠。
如今难觅儿时月，玉蝶流萤梦里求。

二

梦里乡关春尚好，梨花烂漫故居香。
娇孙忔戏韶光美，紫燕双飞入寿堂。

辛丑年春节喜逢瑞雪（二首）

一

佳节立春风物暄，暮逢瑞雪喜临门。
东来紫气成诸事，泽润葱茏降煦温。

二

霓虹璀璨沐春风，玉屑飞花轻似鸿。
踏雪蹒跚今日事，猜牌斗酒乐融融。

雪戏春风图（二首）

一

绒花玉絮满春朝，四季牧歌新有谣。
喜兆盈窗觅佳色，和风紫燕戏今宵。

二

春雨姗姗不露娇，琼花玉蝶戏山桃。
初晴旷野新如洗，万顷良田润若膏。

题范家咀文化广场（二首）

一

三山五岳小康通，塞外洮城落彩虹。
搭建文明休憩地，健身对弈话年丰。

二

亭台轩榭诗书秀，廊径花墙水墨中。
文化广场飞笑语，范家咀上乐融融。

力赛农家乐（二首）

一

出户方知四月新，花开陌上绿如茵。
农家雅俗多春色，惠政安民鱼水情。

二

翠榭朱楼邀晚霞，寻春向慕进农家。
民居古朴玲珑阁，别院炉红煮茗茶。

致敬卫国戍边英雄

男儿本色天行健，自古英雄赴国难。
玉嶂昆仑铭壮志，江山如画铸峰峦。
青蓝与共同生死，赤子连心怒气冠。
史册垂名铮铁骨，九州亮剑筑高坛。

缅怀袁隆平先生

钟敦厚土禾畴近，喜乐清贫垄亩中。
雨露金风兢守业，桑榆暮景为民丰。
无声岁月行初志，有迹经年注匠功。
稻谷飘香千古在，黎民百世敬袁公。

夏日游桑科草原

山随云影桑科近，翠色无垠喜欲狂。
绿草千波流碧野，繁花万点缀长廊。
百灵婉转牛羊醉，彩雾飞旋牧马忙，
哈达条条迎远客，同心圆梦走康庄。

端午新歌

艾叶葱茏蒲草香，依依翠柳日晖长。
河川鼎沸龙舟跃，社稷盛昌民俗扬。
《天问》豪歌传史话，《离骚》绝笔咏千殇。
标新立异成鸿业，端午频添祭圣章。

参加《洮州诗词·丁酉集》发行座谈会有感

洮州大地溢芳香，百鸟争鸣瑞气扬。
沃野钟灵山水秀，新村淳朴寨风良。
嘉谋善政颂华夏，韵律谐和赋丽章。
文化传承辟蹊径，千帆竞发远征航。

回乡偶书

回乡偶见喜成双，蓊郁连天歌欲狂。
梁燕呢喃传婉语，山泉清冽品茶香。
房前豆麦吐芳泽，屋后蔬畦泛翠光。
梦里亲情难割舍，最怜慈母务农桑。

绣花吟

幽居沐浴夏风凉，雅室温馨朱玉香。
姹紫梅兰金剪出，嫣红芍药绣针藏。
芳心缱绻凡尘静，艳蕊妖娆俗念殇。
闲作怡情寸笺内，繁花争秀意飞扬。

含泪祭凉山救火英魂

青山碧水两相荣，大地蛮荒绿障横。
烈焰疯狂摧玉练，军民联手救磐城。
英雄殉职九州痛，壮士魂归五岳平。
自古炎黄多勇义，今朝史册又添名。

驻足牛头城观景台有感

美景留人意飞扬，牛头城里见秋光。
梯田溢彩呈屏障，稼穑千波着盛装。
拾级惊逢明艳菊，回眸喜撞羽霓裳。
八方旖旎醉南国，异域风情赛越杭。

颂家乡卓尼

水上船城美景多，民勤诗话有新歌。
阿尼玛沁纳祥彩，古雅群峰旭日和。
十五金轮生白玉，花灯彻夜耀星河。
八衔九陌藏家乐，俗厚风淳无暇蹉。

秋　思

红衰翠减沐清凉，五谷丰成硕果香。
芳草碧瑕情未了，秋丛美艳慕荣光。
娇姿能经季风劲，傲骨逢迎九月霜。
荏苒星辰兰梦少，丹心一片寄斜阳。

七十华诞观阅兵有感

巍焕中华七十年，长安焦聚序联篇。
伟人新语传盛世，礼炮齐鸣响九天。
民族同兴承一脉，金戈铁马赤心坚。
纵横驰骋无滩险，砥砺前行永向前。

夕照牧民新村

疏枝万壑冷秋山，侧岭横峰竞娇颜。
朗远晴空征雁尽，草场丰茂牧人还。
穹庐夕照惊鸿影，旷野披霞骏骑闲。
碧瓦朱甍皆雅致，祥云瑞彩话乡关。

几案幽兰

幽兰吐蕊案桌间，不与群芳独自娴。
俊逸修篱纤玉叶，玲珑灵秀弄欢颜。
尘香暗透清贫乐，普度空灵享靖闲。
陋室风淳生雅趣，书斋服媚若春山。

游腊子口有感

巍巍铁尺入云烟，迭岭葱茏秀色绵。
绝壁层层穿绿径，悬崖叠叠戾青天。
扶崖回想神兵至，侧耳犹听鏖战艰。
人杰地灵彪炳史，红军浩气永流传。

大峪沟

洮州美景媲琳琅，大峪沟奇展画廊。
姊妹雄峰擎柱秀，石门隐约弄霓裳。
通幽栈道环香树，飞瀑悬泉映榭房。
栖歇珍禽居异兽，民风淳厚是藏乡。

张汉隆

张汉隆（1926—2000）字昌盛，男，汉族，甘肃省临潭县新城镇张旗村人。1945年毕业于国立西北师范学院。从1946年起到1988年退休一直在本县任中小学教师。中华诗词学会会员，甘肃省诗词学会会员，有诗词作品发表在《中华诗词》《甘肃诗词》等刊物上。著有诗集《凤篦斋诗稿》和《谜语五百条》存世。

《山花集》赞

故园曾记颂《洮声》，今日《山花》唱古城。
代有风骚兴未艾，开来继往更恢宏。

教师节感怀[①]

老圃今朝笑脸开，骅骝不耻伴驽骀。
欣看立地参天树，曾是当年亲手栽。

① 1985年教师节，临潭县委、县政府举办老教师招待会。县长敏政同志感念昔日启蒙之情，特陪余共餐，欣喜之下，赋此赠之。

酬陡剑民教授赠油画——《莲峰秋色》

闲愁日日伴愚衷，忽奉丹青足发蒙。
一朵芙蓉出清水，九秋霜叶见高风。
莲峰崔嵬山川瞰，蹊径深幽天下通。
莫道人间尽歧路，世事纷纭两情同。

赞苏维埃旧址[①]

元帅横刀大殿前，扩军建政未遑眠。
新城尝是砺兵处，海眼曾为饮马泉。

① 1936年秋，中国工农红军第四方面军在朱德、徐向前等领导下，长征途经临潭，驻新城隍庙，并建立苏维埃政权。

《洮州诗词史话》问世赞

洮州翰墨溯千年，故纸湮埋孰与传。
赖有仁人勤荟萃，斯文一跃列琼筵。

春晨东门一瞥
——见药材市场繁荣而生态破坏严重

青山何事返春迟，翠岭葳蕤减旧时。
的是割鸡谋取卵，将为掘墓宁无知？

丰收喜赋

洮塬本不适农桑，布谷声中犹雪霜。
冷冻高寒温润少，病虫旱雹袭侵忙。
慢言地利差肥沃，更有天时逆雨旸。
惟赖人和操胜券，多灾岁月亦丰穰。

老妻探子感赋

老妻如水我如鱼，廿载何曾暂别离。
仆仆风尘劳弱母，迢迢跋涉探骄儿。
边塞朔漠添遐想，窗外秋风动远思。
但得一声鸣笛响，挑灯却话忆卿时。

赠陈建中

洮州翰墨数君家，三代书香究可夸。
暴雨等闲摧独秀，狂风着意折英华。
时来有幸逢晴霁，岁去无妨驻晚霞。
正道人生犹是梦，梦中欢笑胜悲嗟。

自画像

生成迂腐欠随和，耿直心肠怕奉阿。
舌硬难能如犬舐，口迟不善效莺歌。
出门总遇阳关少，行路偏逢独木多。
此性虽为俗尚耻，与之匍匐愧如何？

登凤凰山

登上凤峦思翼然，江天万里畅心田。
不羁铜臭烟波里，淡泊人生学散仙。

闻友人何怀义病愈喜赠

鱼书片片寄情深，句句惊魂字字真。
虽幸朽囊尚耐饭，哪堪铮骨不胜衾。
愁看柳暗伤君病，喜见花明慰我心。
但愿子期常健在，高山流水有知音。

七十述怀

岁到古稀尚自鞭，强扶毛颖垦诗田。
辟开驰骋情怀地，拓出翱翔思绪天。
弄月吟风非所愿，随时应制宁为然。
扬清激浊同侪事，指点江山让后贤。

寄谜语大师方炳良先生

老虽伏枥每忘身，犹欲扬蹄步后尘。
但得长鞭催瘦马，甘探虎穴蹈迷津。

纪念内子六十寿辰[①]

结发青丝到鬓斑，风中雨里共时艰。
半生性命亏卿捡，九死幽冥释我还。
百结愁肠岂独绾，两行酸泪宁分弹。
斜阳晚照甘泉鲋，以沫相濡幸苟安。

为大男晓明写成《县志·教育卷》喜题

老去徒悲事未成，砚田幸有后人耕。
文章检点书生气，墨水观看人品贞。
好鸟枝头鸣晓籁，良禽雾里搏云程。
蓝衫不及青衫色，雏凤清于老凤声。

---

① 1962年农历五月三十日，歹徒破门抢劫，欲将余勒死院中，亏妻逾墙呼救惊动乡邻，歹徒逃窜。

咏　砖

黄土一抔水一瓢，揉成方块火中烧。
高楼万丈能撑起，雨打风吹不折腰。

镜　子

明如秋水净无尘，面对先生好做人。
巾帼凭君施粉黛，须眉师事可修身。

女邮递员

逐日骑车走四方，风中雨里送书忙。
英姿飒爽人才俊，不着红装着绿装。

咏　笔

毛锥茸茸颤悠悠，力透汗青功劲遒。
腕底奔腾如走马，毫端汹涌似江流。
青山绿水供描绘，紫陌红尘任漫游。
功过岂无太史简，是非自有管城侯。

李英俊

李英俊（1927—2004），甘肃省临潭县新城人，汉族。1949年参加工作，历任临潭法院审判员、庭长、保卫部审判组长、政法党组成员。获中华人民共和国最高人民法院颁发的荣誉证书，1988年离休。组建了东陇诗社，任主编。著有《临潭简史》《临潭县庙会民俗文化》《漫谈诗歌创作知识》《回首往事》等，并编印出版了《东陇诗选》《山花集》《洮州花儿（民歌）》。甘肃省诗词学会会员。

电视剧《杨乃武与小白菜》观后

冤案历代有，锡彤何时无。
敬仰毛公剑，敢削青山颀。

酒

酒有特异功，世情一杯中。
灵妙不可言，奇效鬼神通。

香港回归颂

举国欢腾庆港还，洗却耻辱复主权。
米旗落地红旗舞，扬眉吐气赋诗篇。

七一杂感

欲献祝词愧腹空，大德伟业倾心中。
施展新政五星耀，壮我河山照苍穹。

流珠咏怀

冬富洮水流明珠，廉民不敛视若无。
贪夫夤夜盗将去，天明化作水一壶。

题《幽谷飞瀑》画

银河直泻悬半天，潭底雷动涌白烟。
绿繁叠翠山石秀，观瀑楼上人语喧。

入编《中华诗词十五年年鉴》和《共和国专家成就博览》画册有感

崇山峻岭气势雄，松柏竞秀翠千峰。
龙吟虎啸形胜地，也有山花一点红。

洮　河

冲峡穿谷直向东，万里奔腾气恢宏。
木筏逐波浪花笑，尽在激流涌进中。

乘车上莲花山

山路盘旋绕翠嶂，疾车凌云放眼量。
雄壮山色云带雨，爬上一岗又一岗。

九顶（俗称金顶）

叠峦重嶂山摞山，松生绝壁自昂然。
黄山未必有此景，雾锁奇峰悬半天。

王皇阁

登上山巅景壮豪，万里云海卷浪涛。
仰天长啸偿心愿，全把平生俗气消。

旧城元宵夜（二首）

一

元宵古城乐纷纷，拔河竞赛登顶峰。
一绳万人争胜负，民族团结扯年丰。

二

茫茫月色足踩碎，盏盏路灯笑开怀。
鸡啼星落人归去，欢声笑语洒满街。

观吴家庵废址

攀登山崖觅旧踪，楼影无存佛洞空。
沧桑易变人易老，春风仍旧带笑容。

游莲花山

魂系华岳乐登高，横空莲开景壮豪。
露湿苍松碧峰秀，霞染危崖紫烟飘。
仙女临凡闹尘世，慈佛灵光护寺娇。
风雨沧桑神依旧，宾馆楼上好观潮。

海　眼

半山城抱蛟龙潭，沧海遗珠波漪涟。
骤雨湖面银灯闪，和风吹散满池烟。
翠树雀跃鸣海底，红衫女士洗云天。
明月常照水难老，生云施雨洒人寰。

秋日登兔石山

伫立山头目自由，天地相连一望收。
雁阵诗行寻人性，秋风凉意染画楼。
池底绿藻炫光彩，枝头红叶笑老休。
惟独岷山风骨好，堪与长天共白头。

身世吟

抗癌切胃留余生，惊心动魄坷坎程。
运动忧患惊妻梦，斗争风浪泪衣痕。
扬眉同事名登府，低头亲朋作故人。
离休人笑错时运，无悔生涯落拓贫。

《回首往事》成书感赋

战天斗地岁月稠，往事云烟眼底收。
一册书写辛酸史，双肩担道苦乐留。
童心未泯思征马，负重勤耕效黄牛。
人文俊逸播后世，留芳桑梓笑老休。

向祝贺《临潭简史》脱稿的同志致谢

挚友祝贺催人奋，暖流入怀共享春。
叙古只作史借鉴，颂今当扬洮州魂。
烽墩边墙说干戈，关隘土堡英气存。
涂鸦一卷凭指点，香臭留与后世闻。

读宁文焕先生《洮州八景的变迁》有感

沧桑涂改洮景容，霸业消沉圮址存。
人文精神新天地，风水景观旧认同。
西凤烟云歌盛世，鹤城晓日吊诗魂。
未名古堡雄关在，尚待骚人笔底封。

古稀杂咏

风雨无情老年华，跋涉艰难安抵家。
恋乡我愧少奉献，育化自慰富桑麻。
书画补壁室生辉，亲友临门水当茶。
此身已置尘网外，伴随夕阳添彩霞。

江城子·双调：深秋

翩翩连枷舞朝阳，稼似墙，打碾忙，歌声笑语，禾粒尽归仓。一年辛苦农事了，粮丰收，民乐康。

红叶染山谱诗章，岁月稠，路苍黄，风染头白，往事堪断肠。任凭秋风埋绿色，松竹岗，映雪霜。

李英伟

李英伟（1938—2008），临潭县新城镇红崖村人，汉族，退休前为临潭县人民法院副院长，甘肃省诗词学会会员，东陇诗社编委。作品发表于《甘南报》《甘肃诗词》。著有《死亡线上的日记》《岁月如歌》。擅长书法，刚劲有力。

咏　菊

不与群芳伍，疏寓独占东。
淡容征晚节，冷眼对秋风。
情性炎凉外，风霜阅历中。
相知遍天下，何处见陶公。

洮河颂

洮水飞出万重山，一呵灵气秀百川。
展望浪头深翻处，尚有中流砥柱坚。

洮出云深天门间，横枕千峰不计年。
滔滔浩气照日明，胸怀冰心破石关。

声滚前川滔后山，荣江峡浪起云烟。
奔江汇海无日夜，腰系百流身自宽。

登朵山观玉笋

登上朵山距天近，眼底群峰一望收。
玉笋屹立擎天地，笑迎春夏与冬秋。

春到店子

山娇水艳店子春，村村炊烟烧青峰。
白土坡下藏锑宝，黑松岭上羊如蜂。
一声牧鞭一声笛，满目青山满目松。
临高放眼千嶂远，置身自在画图中。

洮水过窖头

誓不入海难罢休，钻谷穿峡志未酬。
天设云雾迷通路，地遣削岩截飞流。
夹道青山遮不住，波泛桃花过窖头。
鸭子川间杏花放，一卷画轴意悠悠。

郑　旗

蹬车疾临郑旗川，洮滨风光涂脂胭。
水拍栈阁落珠玉，浪打悬崖起银烟。
山合林蔽疑无路，峰回斗转别有天。
眼前山水王维画，风送歌声响宇寰。

王清村天鼓洞

一岭横枕脉如弓，天鼓仙洞镶岩中。
千丈悬崖挂云雨，百洞塑就济世翁。
雾绕松山林涛怒，云破日出露华浓。
三月三日更生辉，万众欢庆有年丰。

莲花山

天削莲峰雾里栽，偶露峥嵘几徘徊。
喜泉飞瀑吞云雨，九峰竞秀司电雷。
林海绿涛生机盎，帘洞奇观夺世魁。
十万仙女齐散花，歌浪甘醇入酒杯。

过大岭山

大岭半峰插云天，欲越葱茏九十旋。
雾封沟壑隐林景，霭开雄山显真颜。
山村旧貌当今变，农户新居画屏间。
五谷登场年丰有，几声山歌绕云端。

西凤山展望

慢上西凤半云天，千里锦屏入眼帘。
叠山威武披银甲，洮堡乔装卧平川。
高楼栉比次第起，低舍整洁齐挂椽。
一派生机春意到，和风染蓝万家烟。

玉兔临凡

跳上山梁自为峰，历历沧桑一望中。
夏炎冬寒凭眼过，春华秋实蹈复重。
封得小口默不语，净睁双眼观世风。
问君安以从无恙，只缘冰心与天通。

新城羊其河水库

其河水库风光好，两岸五月豆花香。
水含梯田层层绿，日映菜花灿灿黄。
投石惊破鹅鸭梦，泛舟深入鱼米乡。
众手换来新天地，亦有水景胜苏杭。

从兰州乘车至青岛途中

铁轮滚滚胜蛟龙，日穿六省万里云。
家乡风光方萌绿，中原繁花竞鲜红。
车过渭滨泾渭明，难觅磐溪钓鱼翁。
党恩洮水哺育我，幸看鲤鱼游龙门。

威海疗养所

渤海臂揽月牙湾，苍松翠柏绕山峦。
彩楼次第碧霄上，明窗映辉海中船。
柳暗花明福荫地，墙白瓦红隐洞天。
心旷神怡临此景，天宫怎比今人间。

冶力关上峡行

惊浪凿磨石峡开，深藏奇景锁风雷。
龙岩舞空崖欲坠，松盘削壁霭徘徊。
凌云险峰撑天地，屹立翠柱胜飞来。
迷恋信步向深处，洮景神工胜蓬莱。

何用浓墨艳彩描，上峡山水天公雕。
水击悬崖漫烟雾，树驾云船绕乱礁。
切壁直扎林荫底，遏浪声动寰宇啸。
天边牧歌岚峰里，隐现藏姑神逍遥。

满庭芳（二首）

一

山巅破晓，露放银华，黄柏枝上禽鸣。裹腿芒鞋，兴猎入山行。足踏松软草坡，险要处，摘缨匿形。半露脸，窥獐觅兔，草动轻风惊。

记得、想当年，同攀垂岩，逐鹿石门。忆石穴射豹，脚踩云平。翠葆斜谷迤逦，向深去，斩刺披荆。过往事，风雨几许，回首见日明。

二

雄鸡振翼，春云南往，东风又送雨霖。亲去山猎，身前山谷迎。朝临兔石梁上，眼下是，大沟池林。向对处，有的放枪，狍倒惊雉飞。

山青、神自怡，只缘妖雾，裹带寒醒。值“文革”十年，何处安宁？厄运得淋雨洗，便脱胎，重发羽翎。望临潭壮丽山河，霁后还锦屏。

张戈

张戈（1940.8—2018.12），男，汉族，甘肃省临潭县古战乡古战村人。1966 年 7 月毕业于西北师范大学政治系。原甘肃民族师范学院副教授，曾担任该院政史系主任兼书记。长期从事教育与教学工作，1998 年获甘肃省“园丁奖”。教学之余，爱好文学写作，在报纸杂志发表诗词、散文、随笔百余首，先后出版诗词、散文集《桑榆集》《镜心集》。甘肃省诗词学会会员。

退休十年感怀（新韵）

时安国泰世升平，人寿家和万事齐。
不叹满头飞白雪，何愁眉际落霜泥。
天行有道常循序，人老难还总角期。
天若假年能百岁，珍惜分秒自扬蹄。

将军台探春

乍暖还寒二月天，地蒸日照泛银烟。
径闲不见人踪影，陌寂犹发草露芊。
出洞蚂蚁探春早，来台春雀点头还。
四山欢畅春意闹，田野青青又一年。

小河无泪

——儿时门前小河流水潺潺，现河已干涸

儿时河水碧莹莹，洗菜淘粮也濯缨。
鱼虾逍遥嬉逐乐，莲轮[①]自在飞速行。
已无岸柳水干涸，惟剩砂裸鸟悲鸣。
伫立沉思空自叹，枉抛泪水枉伤情。

环卫工

终日披身金色甲，手挥扫把走天涯。
天天扫路迎朝日，岁岁除尘送晚霞。
敬业人生百家赞，爱岗岁月凭人夸。
岁寒酷暑无闲日，一片丹心献万家。

---

① 莲轮：用马莲叶编的水车轮，放在水面，顺流飞转。

山野四菜之歌

苦苦菜

鄙地山多苦苦菜，出头露脸起层台。
颀长绿叶对天萃，艳丽黄花向日开。
风采绰约自多俏，清香味美任人摘。
本来命苦生山外，能惠黎民度荒灾。

蒲公英

状若风车一页轮，耐寒适土不矜哀。
紫茎鲜艳丛生秀，绿叶扶疏总免裁。
一柄黄花羞秋菊，百颗墨籽育春机。
天生丽质冠群蕙，惊艳教人首百回。

麦麦菜

春发生来长势狂，风姿绰约俏貌扬。
细茎节节素花放，嫩叶条条调菜香。
傍物争强沽名望，攀枝附势钓人尝。
秋黄叶腐无人顾，风雨飘摇一世凉。

车前子

深土扎根碧叶芊，风和日丽舞蹁跹。
田间地上如花伞，道路旁边若水莲。
硕子药汤延大寿，嫩叶烹菜胜佳筵。
兰花一朵愔愔色，牵手千花缀山川。

师恩重如山

——有感于包永昌立恩师陡达夫先生“教思碑”和杨茂春等三十二人立恩师范绳武先生“德教碑”

千蕙馨香万树荣，全凭夫子沛甘霖。
发微赖教睁愚眼，启迪仰师化昧心。
琢玉雕龙指引路，呕心沥血点迷津。
教思勒石明心迹，难报恩师情最殷。

临潭东明山四季吟

春

朝晖紫气浴山丘，丽日和熏碧野畴。
桃树吐花春涌浪，刺梅含笑柳摇头。
清泉流水操琴唱，燕舞莺歌乱蝶游。
三月东明渐呈秀，踏青游客任盘留。

夏

盛夏日轮开幕帘，拾阶游客拥山巅。
莽苍山野东明秀，清爽泉流涧水宴。
浓树庙中袅香火，百花丛里笑声欢。
鸟鸣蝶舞民安乐，舜日尧天花正妍。

秋

缠条杨树叶红黄，樱赤桃朱草莽苍。
李绛桦黄棘红色，松青柏绿叶飘霜。
林荫深树千层密，山野菊花百里香。
八月登高攀绝顶，一山秋色好风光。

冬

东山素裹野云浮，胜似峨眉横雪图。
身袭银衣圣娘装，树着白甲天公敷。
庭前曙色终朝送，眼底尘埃半点无。
绀宇钟声音万里，清馨缕缕浴屠苏。

小康颂

联村联户谱华章，精准扶贫上下忙。
研讨贫困从那起，找寻富路细商量。
一家一策一条路，千家千计千道方。
五年决胜好圆梦，都是中华大有乡。

马国良

马国良，男，1944 年生，回族，甘肃省临潭县城关镇人，农民，甘肃省诗词学会会员。著有《白岩诗集》。

农村即景

雨后鸟声荆篱斜，断垣残壁不成家。
公田农忙人不在，破筛盛满野菜花。

重九日随笔

斜带衣领倒著冠，人间沧桑冷眼看。
一曲新词酬知己，多少落寞只等闲。

春日抒怀

春山叠翠径回通，锄禾清白晚霞中。
月谙人影送归影，门前五柳尚古风。

春雨过后

峰挂云帐隐，日出雨帘迟。
露华珠影动，碧叶题新诗。

秋　夕

远山夕阳尽，近水白屋寒。
犬声闾里外，雁影横云天。

碧云轩杂咏

幽轩云影碧，长啸改旧诗。
不须人来问，明月自相知。

秋　夕

云含微雨尽夕阳，短笛黄昏晚风凉。
烟笼秋树蝉声咽，山畴路斜归牛羊。

夏　日

幽庭阴湿夏雨多，碧云侵阶带紫萝。
帘外花落香如故，园蔬含露涨绿波。

乾清宫

寂寞寥落乾清宫，百年帝王一梦中。
禁城日晚烟霞冷，更无昔日上苑风。

洮水歌（二十选二）

三

寒风扫落叶，秋声若惊波。
古道隐沦迹，烟雨横长河。

十五

涧溪鸣幽曲，山泉响清音。
野村日已暮，无人来问津。

张尊荣

张尊荣，男，汉族，1949年12月生，笔名路云，临潭县古战村人。先后任中共临潭县委宣传部部长、临潭县人大常委会副主任。甘肃省诗词学会会员，临潭首届文学艺术界联合会主席。

冶力关国际拔河赛（新韵）

苍松碧水洗尘埃，丽日尧天醉客怀。
春漫关山新绿树，时邀内外友朋来。
绳情翼翼年年有，百姓融融岁岁回。
盛世神州观盛事，八方竞力赛花开。

玛奴寺（新韵）

四面残垣门牖塞，厅堂斜靠没蒿莱。
龛经帔上横蛛网，剩旧钟镈入市台。
史事沉埋无记叙，旗幡破落任风摧。
由僧欠礼真言寂，弟子缺修最可哀。

古战庵台吟（新韵）

南来象岭迤庵台，左右平川耳抱怀。
四面八峰环庙立，东西两水抱春来。
烽台峻峭骑山站，洮水徜徉绕道徊。
劲树妆台迭架绿，新花翠院依次开。

某君三像（新韵）

一

台上人前强作势，胸无墨水仅衣服。
得来尽靠铜钱力，事使平民不念书。

二

移花接木扮精能，报告秘书全撰成。
照本宣读常错字，听人不断哂讥声。

三

疯狂受贿不惜名，贪欲私心似海坑。
党纪人格全不顾，终将领罪进牢笼。

出路河（新韵）

破土冲石不畏坚，奔波经步故乡前。
千泉汇聚泽芳地，百草依拥助大川。
夏日波澜扬瑟韵，冬时浪静偃声弦。
崎岖道路匆匆步，坎坷身躯淡淡年。

再读陈钟秀老先生《味雪诗存》（新韵）

悠悠诗百首，寂寂寄千忧。
墨发浓霜染，竹帛淡老愁。

飘零酒满杯，泪洒意难平。
夜暗情不老，长吟伴月行。

常爷池（新韵）

一泓碧水抱山崖，四面红石抚翠霞。
画里清波云揽雨，峰巅树木水中花。

题冶木峡（新韵）

峭壁穿云立眼前，峰石注水挂清泉。
松出峻岭牵藤草，水过曲沟鼓浪旋。
半壁穿洞张虎口，双峰抱路隐桥天。
游人似在仙琼境，览胜心怡总忘还。

货郎（新韵）

一肩小担走八方，越巷穿街任道长。
线脑针头多小件，供需万户乐洋洋。

人无我有两相宜，补济山乡百货稀。
卖买平凡无势利，离乡背井也欢娱。

无题（新韵）

扫草村姑烧土炕，逛街靓女试新装。
山村幼小棉衣少，都市闲人养狗忙。

芍药（新韵）

醉蕊醇枝绽笑颜，姚黄魏紫色斑斓。
日间翘首随风舞，夜晚含苞带露眠。

紫兰（新韵）

花如号角叶刺天，沐雨凌风不畏难。
立命草丛生锐气，献身大地郁人间。

憩园小调（新韵）

早纳丹芍小院栽，今生艳蕾满园开。
依花捧酒宽闲目，郁郁清香入酒杯。

身心不再苦烦劳，闲赋轻吟小调高。
不管噪声园外乱，只将岁月寄情操。

清平乐·北京奥运会火炬传递登珠峰（新韵）

珠峰峻险，圣火临霄汉。奥运百年留壮举，四海人人敬叹。

红旗漫卷征程，关山不再重重。万里歌吟如浪，神州永沐春风。

图书在版编目（CIP）数据

洮水流韵 / 高众主编 .—北京：作家出版社，2021.11
ISBN 978-7-5212-1573-1

Ⅰ.①洮… Ⅱ.①高… Ⅲ.①诗集—中国—当代
Ⅳ.① I227

中国版本图书馆 CIP 数据核字（2021）第 220993 号

洮水流韵

主　　编：高　众
执行主编：敏奇才
责任编辑：李宏伟　秦　悦
装帧设计：薛　怡
出版发行：作家出版社有限公司
社　　址：北京农展馆南里 10 号　　**邮　　编**：100125
电话传真：86-10-65067186（发行中心及邮购部）
86-10-65004079（总编室）
E-mail:zuojia @ zuojia.net.cn
http://www.zuojiachubanshe.com
印　　刷：三河市北燕印装有限公司
成品尺寸：152 × 230
字　　数：297 千
印　　张：28.5
版　　次：2021 年 11 月第 1 版
印　　次：2021 年 11 月第 1 次印刷
ISBN 978-7-5212-1573-1
定　　价：68.00 元